여든하나의
독백

여든하나의 독백

발행일	2022년 5월 31일

지은이	황정구		
펴낸이	손형국		
펴낸곳	(주)북랩		
편집인	선일영	편집	정두철, 배진용, 김현아, 박준, 장하영
디자인	이현수, 김민하, 김영주, 안유경, 신혜림	제작	박기성, 황동현, 구성우, 권태련
마케팅	김회란, 박진관		
출판등록	2004. 12. 1(제2012-000051호)		
주소	서울특별시 금천구 가산디지털 1로 168, 우림라이온스밸리 B동 B113~114호, C동 B101호		
홈페이지	www.book.co.kr		
전화번호	(02)2026-5777	팩스	(02)2026-5747

ISBN   979-11-6836-325-0 03810 (종이책)   979-11-6836-326-7 05810 (전자책)

(주)북랩 성공출판의 파트너

북랩 홈페이지와 패밀리 사이트에서 다양한 출판 솔루션을 만나 보세요!

홈페이지 book.co.kr   •   **블로그** blog.naver.com/essaybook   •   **출판문의** book@book.co.kr

황정구 수필집

여든하나의 독백

황혼의 사색은 세월이 준
큰 선물이다!

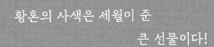 북랩

머리말

• • •

80번째의 봄을 맞습니다.

건너편 아파트 화단의 매화가 어제 내린 봄비에 활짝 속내를 터트렸습니다. 적선충으로 잎이 노랗게 시들어가던 소나무의 일부가 파란 솔잎으로 다시 살아나고 있습니다. 사람들은 한 꺼풀씩 겨울 허물을 벗기 시작했습니다.

자연의 봄은 소생의 봄이요, 젊은이들의 봄은 희망의 봄이고 노년들의 봄은 기도의 봄입니다. 큰 카데고리로 묶어 보면 모든 노년의 기도 제목은 거의 같을 것이며 노년의 기도 제목 중 빠지지 않는 것이 인생 여정 끝내고 내려가는 과정에 관한 기도일 것입니다.

2021년 3월 19일, 첫 번째 수필집 《산다는 것: 노을 진 언덕에 서서》를 출간한 지 일 년이 흘렀습니다.

70이란 아우토반(독일의 속도 무제한 고속도로)에서 달리는 세월과 80이란 아우토반에서 달리는 세월의 속도는 엄청난 차이가 납니다.

정신을 차리지 못할 정도로 빠르게 지나가는 세월 때문인지, 인식회로의 오작동 때문인지 겨울, 여름, 봄, 가을 무(無)순서로 계절이 오는 것 같기도 하고, 몇 살이 되었는지는 가끔 옆에 있는 사람에게 물어봐서 알기도 합니다.

한국전력기술 울진원자력발전소 현장소장으로 재직 시는 인격수양의 일환으로, 은퇴 후는 취미생활로, 그 후로는 노화와 함께 찾아온 질병 고통으로부터의 탈출 방편으로 독서와 글쓰기를 해오고 있습니다.

나에게는, 보통 노년에 친구 삼아 찾아오는 고혈압과 당뇨 외에도 심혈관질환, 안과질환, 목디스크, 폐쇄성폐질환, 삼킴장애, 담도결석, 척추관협착 등 많은 질병이 있습니다.

지난해 8월에는 심혈관 확장 시술(스텐트 삽입)을 받고난 후, 새벽 3시쯤 손이 저린 듯도 하고 시린 듯도 하여 잠에서 깨어보니 수액을 맞고 있던 관(호스)이 중간에 빠져서 그 관을 통해 제법 오랫동안 선홍색의 혈액이 역류하여 바닥 여기저기에 떨어져 마치 백일홍 꽃잎처럼 아름다운 그림을 그린 적이 있습니다. 아내는 깜짝 놀라고 나는 억지를 부려 수액주사 주머니를 일찍 떼내는 쾌거를 얻어냈습니다.

노년에 찾아오는 각종 질병들은 불가역적(不可逆的)인지라 인간 정비소에 다니며 아무리 닦고 기름을 치며 수리를 해도 좀처럼 좋아지지 않고 여전히, 내 몸속에 똬리를 틀고 앉아서 자기 마음에 들지 않을 때는 육신의 이곳저곳을 마구 쑤시고 찔러대며 고통을 주고 있습니다.

이러한 고통을 이기는 방법으로 독서와 글쓰기를 하고 있습니다.

아내 앞에서 "아이구" 하는 앓는 소리를 시도 때도 없이 뱉어내다가도 책상에 앉아 책을 읽거나 글을 끄적거리면 어느새 고통은 사라지고 즐거움과 행복감을 느낍니다. 이 시간이 아내에게는 아프다는 소리를 듣지 않을 수 있는, 유일의 행복한 시간입니다.

독서와 글쓰기를 하면서 고통을 전혀 느끼지 못하는 이유가, 혹시 내 스스로 만들어 내는 일종의 최면상태 때문은 아닐까 생각을 하면서도 실제 고통을 느끼지 않으니 그냥 독서와 글쓰기를 계속하고 있습니다. 그런데 문학에 치유의 힘이 있다는 것이 과학적으로 입증이 되어, 미국에서는 문학치료 협회(National Association for Poetry Therapy)를 통해 독서와 글쓰기를 환자치료에 적극 활용하고 있다고 합니다.

글을 쓰다 보면 어딘지 막연하고, 흐트러지고 복잡한, 마치 카오스 상태에 있는 듯한, 여러 생각들이 하나씩 정리가 되어 가는 느낌이 듭니다. 그동안 인식하지도, 확신하지도 못했던 내 정체성과 자아에 한 발 더 가까이 가고 있음도 조금씩 느끼게 됩니다.

근본적인 글쓰기의 소양부족, 아름다운 단어나 적합한 어휘와 표현력 부족 또는 논리의 모순 등으로 참담한 글이 되지만 그래도 글을 쓴다는 자체에 행복을 느낄 수 있기에 계속 쓰게 됩니다. 그러다가 적절한 단어나 어휘가 생각날 때는 어려운 수학 문제를 푼 것같이 기쁨이 배가 되기도 합니다.

여기에 있는 글들은 노화로 오는 고통을 행복감으로 승화시키면서 빚어낸 소산물입니다. 에너지는 형태만 변할 뿐이지 소멸되지는 않는다는 에너지 보존 법칙처럼 고통이란 에너지가 글쓰기란 행복 에너지로 변한 상태가 아닐까 생각해봅니다.

육신의 고통이 글쓰기라는 행복을 가져온 연원이었다고 생각할 때 작은 고통이 오히려 고맙다는 생각이 듭니다.

심오한 철학적 사유를 필요로 하는 노자의 사상을 인용하는 것이 조금 외람된 일이라는 생각이 들기도 하지만 "있음은 없는 데서 나오고 쉬움은 어려운 데서 만들어진다(故有無相生, 難易相成)"라고 한 도덕경의 말이 어렴풋이나마 이해가 됩니다.

미국의 철학자 캔 월버의 말처럼 '우리의 고정관념이, 원래는 하나인 고통과 행복 사이에 경계선을 그어놓고 서로 다른 것이라고 해석을 하는 것은 아닐까?'라는 생각도 해봅니다. 삶과 죽음이 둘이 아니고 하나라는 말처럼 고통과 행복도 둘이 아닌 하나인 것일 수도 있습니다.

고통은 지나온 삶을 반추해보며, 자기성찰의 시간을 갖게 해주며, 철학적 종교적 사색과 사유의 범위를 넓혀주기도 합니다.

오래전에 릭 워렌 목사님의 《목적이 이끄는 삶》이라는 책이 세간의 화제가 된 적이 있습니다. 마찬가지로 내 삶은 고통이 이끄는 삶이라 해도 과언이 아닙니다. 고통이 글쓰기로 인도했습니다.

요즈음 서점에 갈 때마다 아쉽게 느끼는 점이 하나 있습니다.

나이가 들어감에 따라 전문적인 글보다는 살아온 삶의 지혜가 묻어나며, 공감을 느낄 수 있는 노년 작가들의 수필을 선호하게 되는데 아마추어 노년 작가의 책은 거의 찾아볼 수가 없어 아쉬움이 큽니다.

노인 인구는 늘어나고 그 수명도 늘어나고 따라서 문화활동을 하는 노인도 많아지고 있는 현실에 비해 노인 작가들의 글을 접하기가 또는 찾기가 참 어렵습니다. 대형 서점에서 노인 작가들의 수필만이라도 쉽게 찾아볼 수 있도록 배려해주면 좋겠습니다. '노인 코너'라도 설정해준다면 금상첨화이겠지요.

어려울 때마다 삶의 의미를 일깨워준 가족, 특히 글쓰기의 동기를 제공해준 두 손녀, 그리고 지금도 여전히 절판되어 구하기 어려운 책을 인터넷 구석구석을 뒤져 구해주며, 초고를 검토해준 아내에게 감사를 하고, 책의 출판을 위해 노력해주신 북랩 임직원분들에게도 깊은 감사의 마음을 전합니다.

2022년 4월 7일
황정구

목차

3장 문화(文化) 산책

4장 횡설수설

5장 미국 서부 여행기

1장

소중한 가정

. . .

가정(家庭)

쾌락과 궁궐 속을 다닐지라도,
아무리 초라해도, 내 집 같은 곳은 없다
- 존 하워드 페인 -

1883년 미국의 뉴욕항에 한 미국 군함이 입항을 하자 뉴욕항에는 미국 역사상 최대의 인파가 모여들었습니다.

1852년 4월 아프리카 튀니지의 영사관에서 일을 하던 미국인 한 사람이 세상을 떠나 그곳에 잠들어 있었습니다. 그 사람이 죽은 지 31년이 지난 1883년에 미국 군함이 그 사람의 유해를 싣고 뉴욕항에 입항한 것입니다. 수많은 인파가 그의 귀국을 개선장군 맞이하듯 열렬히 환영했습니다.

〈즐거운 나의 집〉이란 미국인이 즐겨 부르던 민요가 허드슨 강가에 울려퍼졌고 군악 밴드가 국가를 연주했고 길가에는 조기가 나부꼈습니다.

그의 유해는 다시 열차편으로 미국의 수도인 워싱턴으로 옮겨졌고 운구 마차를 앞세운 장례 행렬로 중심가를 통과한 후 당시 대통령 체이스 아더와 국무위원들의 정중한 영접을 받고 워싱턴 근교의 오크힐 묘지에 안장되었습니다.

이 사람이 바로 〈즐거운 나의 집(Home sweet home)〉이란 노랫말을 만든 존 하워드 페인(John Howard Payne)입니다.

이 노래는 미국 남북전쟁 당시 남군(南軍), 북군(北軍) 모두가 즐겨 불렀을 뿐 아니라 에이브럼햄 링컨 대통령도 자신의 어린 아들이 죽었을 때, 이 곡을 반복해서 연주해 달라고까지 했던, 미국 사람들이 그 시절 얼마나 가정을 중요하게 생각하고 그리워했던가를 잘 보여주는 노래입니다.

희생을 많이 치렀던 남북전쟁이 끝나자 미국 국민들은 가정의 소중함을 다시 한번 절실하게 느끼게 되었으며, 이 노래가 더 많은 사랑을 받았습니다.

존 하워드 페인은 가정생활이 어려워지자 여비를 가까스로 마련해가지고 일자리를 찾아 유럽으로 갔으나 계속되는 어려움으로 노숙자 생활을 하게 되었으며 이때 고향을 그리워하던 마음을 회상하며 〈즐거운 나의 집〉 노랫말을 지었다고 합니다.

가정이란 육체의 안식처라기보다는 마음과 정신의 안식처라는 광의의 의미가 훨씬 강조되는 곳입니다.

사람이 최고의 행복을 느낄 수 있는 곳은 오로지 자기의 가정이라고 생각합니다. 가정에서 행복을 느끼지 못하면 세상 어느 곳에서도 행복을 느끼지 못합니다.

가정이란 일반적으로는 부부를 중심으로 하여, 부모와 자녀 등, 가족 구성원이 모여 사는 집과 공동체를 말하며, 한문으로는 집 가(家) 뜰 정(庭) 자를 사용하여 가정(家庭)이라고 쓰기 때문에 다분히 공간적 의미를 나타내는 듯하기도 하지만, 나는 뜰 정(庭) 자 대신 정을 느낀다고 할 때 사용하는 뜻 정(情) 자를 사용하여 가정(家情)이라고 쓰고 싶습니다.

가정이란 비를 피하고, 잠을 잘 수 있는 집과 같은 공간과 가족이란 구성원만으로 이루어진, 물리적 실체인 형이하학적 형태만을 뜻하지는 않는다고 생각을 합니다.

가정은 고급 아파트도 아니고 고급 빌라도 호화스러운 침실이 있는 곳도 아닙니다. 집과 가족이 있는 곳을 가정이라고 말한다면, 오늘날에도 그런 가정은 조금도 손상됨이 없이 여전히 굳건합니다.

그런데 현대 사람들은, 가정이 날로 파괴되고 허물어져 가고 있으며 그 결과로, 인정은 메마르고, 도덕은 땅에 떨어지고, 갈등과 시기와 사악함만이 가득한 사회가 되었다고 말들을 합니다. 이때의 가정은 물리적 장소만을 의미하지 않습니다.

좋은 집은 돈으로 살 수 있으나 좋은 가정은 돈으로 살 수 없다는 말이 있는 것같이 가정이란, 공간과 가족 같은 물리적 실체를 초월한, 가족 구성원 간에 무한한 신뢰와 사랑과 배려와 평화 안식, 희망과 믿음, 소망 등등이 녹아 융합하여 아름다운 하모니를 이루는, 인간의 글로나 말로는 다 형용할 수 없는, 공감과 감사가 가득 찬 영적인, 형이상학적 요소가 내재되어있는 곳이라고 생각합니다.

부모님, 남편, 아내, 자녀 생각만 해도 눈물이 핑 돌고 행복을 느끼는 곳이 가정입니다. 천진난만한 아기가 엄마의 가슴에 안겨 엄마 심장의 고동소리를 듣는 곳이 가정입니다. 잠든 모습을 그윽히 내려다보며 걷어차는 이불을 계속 덮어주는 곳이 가정입니다.

사랑을 표현하다가 미숙하고 서투름으로 계면쩍어 하면서 계속 사랑을 표현하는 곳이 가정입니다. 당신만이 있고 나는 없어야 하는 곳이 가정입니다. 나라는 존재를 생각하면 벌써 가정은 없어집니다. 테너와 소프라노가 있는 곳은 가정이 아닙니다. 대신 베이스와 알토가 있는 곳이 가정입니다.

겨울바람 쌩쌩 부는 부부가 아무리 고급 와인을 마시며 식칼과 삼지창을 들고 송아지 스테이크를 썰어댄다 해도 이미 그곳은 가정이 아닙니다.

훈훈한 봄바람 속에 푸른 초장, 나물 반찬에도 웃음이 가득한 곳이 가정입니다. 일주일에 한번도 가족식사가 없는 가정은 위태로운 전조가 비치는 가정입니다.

나는 어렸을 적에 증조부님, 할머니, 고모님 두 분 등 5~6명이 한 상에 그리고 할아버지, 어머니, 아버지 등이 또한 상에 둘러앉아 밥을 먹던 기억이 잊혀지지 않습니다.

"한 상에 둘러앉아."라는 말이 왜 그리 그립고 정겹게 들리는지 모르겠습니다. 이때의 밥상은 먹는 것만을 상징하는 것이 아니고 사랑의 교감이 오가는 것을 의미합니다.

요즈음의 집밥이나 가정식 백반이란 말에도 위의 "한 상에 둘러앉아."라는 말의 추억이 서려있는 것 같습니다.

가정이란 말 자체가 이미 좋은 것을 의미하지만 좋은 가정이란 말을 써야 하겠습니다. 좋은 가정에서는 사회와 이웃과 국가에 해악을 끼치는 구성원이 나올 수가 없습니다.

가정은 이 세상에서의 에덴이요, 천국 다음으로 아름답고 귀하고 소중한 하나님의 선물입니다. 이런 좋은 선물인 가정을, 가족 상호 간에 필요한 빛과 영양분을 제공해가며, 전지(剪枝)를 잘해서 아름답게 가꾸어 나가야 하겠습니다. 그렇게 노력하지 않으면 가정에도 잡초만 무성하게 됩니다.

아름다운 가정을 생각하면서 존 하워드 페인의 〈즐거운 나의 집(Home Sweet Home)〉을 조용히 불러봅니다.

<blockquote>
즐거운 곳에서는 날 오라 하여도
내 쉴 곳은 작은 집 내 집뿐이리
내 나라 내 기쁨 길이 쉴 곳도
꽃피고 새 우는 집 내 집뿐이리
오 사랑 나의 집
즐거운 나의 벗 내 집뿐이리
</blockquote>

2절, 3절의 가사 내용을 간추리면 다음과 같습니다.
"집을 떠나 헛된 영화를 좇았지만 참마음에 평화가 있는 곳 내 집, 그곳이 그립구나, 이제는 모든 괴로운 짐을 벗어버리고 내 마음에 유일한 위로인 내 쉴 곳, 나의 집으로 나 돌아가리라"

아들 내외, 두 손녀 그리고 아내와 나 여섯 식구가 오손도손 사랑을 나누며 살고 있는 우리 가정은 최고로 행복한 지상천국입니다.

조손(祖孫) 관계

조부모와 손주와의 관계는 이보다 더 이상 좋은 관계가 이 세상에 존재하지 않을 만큼 무한한 사랑이 오가는 아름답고 끈끈한 관계입니다.

그런데 손자에게 섭섭함을 느끼고 있는 할아버지의 하소연을 들은 적이 있습니다.

그는 자식 내외가 맞벌이를 하기 때문에 손자를 초등학교 졸업 때까지 떠맡아 길렀다고 합니다. 이야기의 요지는 손자가 커서 대학을 들어갔는데 자기를 대하는 태도가 아주 건성건성하니 영 못마땅하다는 것입니다. "내가 자기를 어떻게 길렀는데."라는 것입니다.

조부모와 손주와의 관계, 즉 조손(祖孫) 관계가 옛날과 같지 않다는 이야기를 종종 들을 수 있습니다.

요즈음의 조손 관계는 혈통으로 이루어진 직계가족(直系家族) 관계가 아니라 오랜만에 만나는 먼 친척 관계 정도로 전락했다는 것입니다.

여러 가지 이유가 있겠지만 핵가족이라 부르는 사회현상이 크게 한몫 한다고 생각합니다. 같이 한 집에서 살지 않으니 소원해지고 정이 가지 않는 것은 자연적인 일입니다.

이웃사촌(四寸)이란 말이 있습니다. 멀리 살고 있기 때문에 자주 볼 수 없는 친척보다는 가까이 살면서 자주 볼 수 있는 이웃이 더 가깝다는 말입니다.

같이 살지 않고 떨어져 살다 보니 할머니, 할아버지 뵙기가 마치 일식(日蝕)이나 월식(月蝕)을 보는 것같이 힘든 것이 요즈음의 조손(祖孫) 관계라고 말하는 것을 종종 듣습니다.

핵가족 문화가 그 원인이든 상호 자기들의 편한 생활을 즐기기 위해서이든, 어쩔 수 없이 떨어져 살아가야 하는 현실에서 옛날과 같은 아름답고 끈끈한 가족관계를 복원하기 위해서는 조부모와 손주와의 관계 개선이 우선되어야 한다는 생각입니다.

그렇게 되기 위해서는 끊임없는 노력과 시간이 필요할 것입니다. 특히 조부모님들의 역할이 요구됩니다. 아들, 딸 부부의 바쁜 일손을 도와 손자녀의 어릴 때 양육을 돕는 것이 현실에서 취할 수 있는 가장 좋은 방법 중 하나라고 생각합니다. 할 수 없이 마지못해서가 아니라 즐거운 마음으로, 자발적으로 해야 합니다.

요즈음 조부모가 손자들을 맡아 기르는 가정이 많은 것은 참 다행한 일이라고 생각합니다. 그런 분들 때문에 그나마 아름다운 조손 관계가 유지되고 있다는 생각이 듭니다.

그런데 특수한 경우를 제외하고는 조부모님이 손주를 보살피는 조건으로, 먼저 대가를 요구하는 것은 조손 관계를 거래관계로 전락시키는 하나의 원인이 될 수 있다는 생각이 듭니다. 너희들 자식들만이 아니라 나의 손주들이라는 생각을 가져야 합니다.

자기를 길러주신 할머니와 할아버지의 손자 사랑과 손자의 할머니, 할아버지를 향한 애틋한 사랑을 그린 책이 생각이 납니다.
인디언 작가 포레스트 카터(Forrest Carter)의 자전적 소설인 《내 영혼이 따뜻했던 날들》입니다. 원제목은 《작은 나무의 교육(The Education of Litttle Tree)》입니다.

다섯 살 때 엄마 아빠를 잃고 고아가 된 '작은 나무'라는 체로키족 인디언 소년이 친척 할머니, 할아버지와 함께 살면서 받은 사랑을 구구절절 써내려간 책입니다.
교육을 받을 나이가 되었다고 강제로 교육원에 보내진 작은 나무가 백인 목사한테 차별을 받으면서 밤마다 달을 쳐다보고 할아버지를 그리는 마음은 눈물을 자아내게 합니다. 노년이 되어 돌아가신 할머니, 할아버지를 손수 묻고 돌아서는 '작은 나무'의 모습에서 무한한 사랑의 감동을 받습니다.

이 책을 읽으면 더욱 손주를 사랑할 수밖에 없고 할머니 할아버지를 더욱 사랑할 수밖에 없을 것이라는 생각이 듭니다.

1976년에 초판이 발행된 이 책을, 처음 읽게 된 것은 내가 미국생활을 할 때인 1980년이었습니다. 당시 너무나 인기가 많았던 책이라 서점에 비치해둘 틈도 없이 팔리는 바람에, 구입을 위해 주말에 세 번이나 서점을 방문해야 했습니다.

너무나 감동적이어서 책장이 해질 정도로 읽고 또 읽었습니다. 1984년 봄 귀국해서 보니 번역본이 서점에 있었습니다. 나는 10권을 구입해서 친지들과 두 손녀에게 나누어주었습니다.

동아일보, 국민일보, 한겨레신문 등 국내 신문들과 각계 인사들이 극찬을 했던, 눈물이 저절로 솟아나는 감동적 소설입니다.

우리의 생각과는 다르게, 대부분의 손자녀들은, 포레스트 카터처럼 조부모님을 몹시 사랑하고 있습니다. 다만 겉으로 잘 표현하지 않고 있을 뿐입니다.

교회 예배가 끝나고 교회 옆 건물에 있는 식당을 들어간 적이 있습니다. 음식을 주문하고 기다리고 있는데 몸이 불편한 할아버지를 부축하며 들어서는, 여대생인 듯 보이는 한 젊은이가 들어섭니다. 그 모습이 너무 아름다웠습니다. 할아버지냐고 물으니 그렇답니다. 나는 엄지척을 해보였습니다.

버스 옆좌석의 갓 결혼한 듯한 부부 중 젊은이가 할머니한테 전화 거는 내용을 듣느라 내릴 곳을 지나친 적도 있습니다. 여자도 아닌 젊은이가 어쩌면 그렇게도 할머니에 대한 사랑을 표현하는지 감동을 받았습니다.

노년의 생활을 풍요롭게 하는 자양분 중 하나가 행복하고 아름다운 추억입니다. 손자녀를 보살핀다는 것은 후에 아름다운 추억을 만드는 일입니다.

나는 이른 나이인 58세 때 손녀를 보았습니다. 큰 자부(子婦)가 여러 가지 바쁜 생활을 하다 보니 손녀의 양육을 할머니 할아버지인 우리가 할 수 있었습니다. 손녀와 함께할 수 있다는 것이 얼마나 큰 즐거움이요 기쁨인지를 모르는 사람들이 있는 것 같습니다.

우리는 큰자부가 손녀의 양육을 우리가 할 수 있게 해준 것에 대해 고마움을 느낍니다. 나는 큰손녀의 유치원 3년을 유모차로 등하교 시키고 초등학교 3학년 때까지 같이 등하교를 했습니다.

큰손녀와 6년간 동창(同窓) 생활을 한 셈입니다. 큰손녀가 유치원 다닐 때, 내가 심하게 기침하는 것을 본 손녀가 담배를 끊으라고 해서 담배를 끊었습니다.

한번은 전철을 타고 어디를 가는데 큰손녀한테서 전화가 왔습니다. 큰손녀가 5~6살쯤 되었을 때의 일입니다. (지금은 대학교 졸업반입니다.) 할아버지가 끓여주는 라면이 먹고 싶다는 전화였습니다. 나는 급히 돌아와서 라면을 끓여주었습니다.

잘 시간이 되면 포대기 위에 눕혀놓고 밀었다 끌었다 하며 "예수께서 오실 때에 그 귀하신 보배~" 또는 "예수 사랑하심은 거룩하신 말일세~"라는 찬송가를 불러줍니다. 그러면 금새 잠이 듭니다.

애들이 순해서 잠투정이란 없었습니다. 둘째 손녀는 졸리면 저 혼자 잠을 잘 잡니다. 보이지 않아서 찾다보면 침대 옆 구석에서 잠을 자고 있습니다. 아름다운 추억이 너무 많이 있습니다.

손자녀와 함께하는 진정한 행복과 즐거움은 함께 생활을 해보아야 알 수 있습니다. "학교에 다녀오겠습니다."라는 한마디 말보다 더 행복감을 주는 것은 세상에 없습니다.

"귀찮게, 이 나이에 왜 손자를 봐줘? 자기들 자식은 자기들이 책임지라고 해! 그만큼 고생했으면 됐지, 이제 우리도 좀 즐기면서 살아야 해!"라고 하는 조금은 어른답지 못하게 보이는 말들을 이제는 하지 않았으면 좋겠습니다.

할미꽃

할머니를 생각할 때면, 타임머신(Time Machine)을 타고 어느새 아득한 옛날의 즐거웠던 시간 속으로 여행을 하고 있는 나를 발견하게 됩니다. 할머니란 이름은 10대의 어린 시절의 추억을 소환하게 해주는 아련한 회상의 단어입니다.

장충동 체육관 부근을 지나다 보면 원조할머니, 뚱땡이할머니 등 할머니란 이름이 붙은 오래된 족발집이 있습니다. 옛날부터 맛 좋기로 정평이 난 곳입니다.

할머니 밥상, 할머니 두부, 할머니 칼국수 등 할머니란 이름이 들어간 음식점을 보게 되면, 오늘은 무얼 먹지 하던 선택적 고민이 순식간에 사라지고, 부지불식간에 음식점 안으로 들어가는 나를 발견합니다.

아마도 음식을 먹으러 들어간다기보다는 무의식중에 할머니와의 아련한 추억의 장소로 들어가는지도 모르겠습니다. 누구에게나 마찬가지이겠지만 할머니라는 이름은 내 마음속에 가장 큰 그리움으로 자리를 차지하고 있습니다.

할머니가 하늘나라로 가신 후, 가장 할머니를 생각나게 하고 그리움에 젖게 하는 것은 할미꽃입니다.

나는 휴대폰을 구입한 처음부터 지금까지 배경화면으로 할미꽃을 선택하고 있으며 "지금 보이는 것은 보이지 않는 것의 그림자이다"라는 표제 문구를 사용하고 있습니다.

지금 보이는 나라는 존재는 보이지 않는 할머니와 어머니의 기도의 현현(顯現)이요, 그림자라고 생각을 하기 때문입니다. 내동년배들 거의 모두가 손녀나 손자를 바탕화면으로 삼고 있는 것과는 사뭇 다릅니다.

할미꽃은 우리나라가 원산지이며 학명(學名)도 팔서틸라 코리아(pulsatilla Koreana)이고, 꽃말은 '슬픈 추억'입니다. 외관으로 언뜻 보기엔 그다지 아름다운 꽃이라고 할 수는 없지만 오랫동안 자세히 보면 볼수록 정이 가는 꽃입니다. 허리가 굽어 더 애처럽고 정이 갑니다.

처음에는 친구들로부터 휴대폰 바탕화면이 하필이면 할미꽃이냐는 추구성 핀잔을 듣기도 했습니다. 사람은 어렸을 적에 받은 큰 슬픔이나 충격이나 감동은 커서도 잘 잊지 못한다고 합니다.

나는 초등학교 저학년 시절에 읽었던 할미꽃에 대한 슬픈 이야기를 지금도 잊지 못합니다.

할미꽃

오늘도 허리 굽은 호호백발 할머니는 가까스로 지팡이에 몸을 의지하면서 가파른 고갯길을 오르고 있습니다.

숨이 차기도 하고 힘들기도 해서 몇 번이나 쉬고 또 쉬면서 고개마루에 올랐습니다.

할머니는 고개마루에 앉아 아득히 먼 길을 바라봅니다.

고개 너머 시집보낸 막내 딸아이가 잘살고 있는지 걱정이 되고 너무나 너무나 보고 싶어 비가 오나 눈이 오나 할머니는 고개에 오릅니다. 고개마루에 앉아 혹시 오늘 막내 딸이 오지 않을까 하고 막내딸이 시집간 멀리 보이는 길을 바라봅니다.

어느 겨울날 할머니는 고개마루에 앉아 막내딸을 기다리다 지쳐서 숨을 거두고 말았습니다. 동네 사람들이 할머니를 그곳 양지바른쪽에 묻어드렸는데 이듬해 봄, 무덤 옆에 키가 작고 허리가 굽은, 보기에도 아주 나약한 꽃이 외로이 피었습니다.

사람들은 이 꽃이 막내딸을 그리워하다 죽은 할머니의 넋이라고 하면서 그 꽃을 할미꽃이라 부르고 노랫말을 지었습니다.

할미꽃 마나님 고개 숙이고
오늘도 무얼 그리 생각하나요
고개 너머 시집보낸 막내 딸아기
잘 있는지 소식 몰라 궁금하대요

사람들은 이 노랫말에 곡을 붙여 노래로 불렀습니다.

이상이 내가 기억하고 있는 초등학교 교과서에 수록되어있던 할미꽃 이야기입니다. 어린 마음에도 그때의 할머니가 얼마나 가엽고 불쌍하다는 마음이 들었는지 지금도 그 글을 잊지 않고 있습니다.

할미꽃은 인공재배가 안 되는지 화원이나 꽃가게 어느 곳에서도 볼 수가 없고 들로 나들이를 가야만 만날 수 있어 아쉬운 마음이 듭니다.

실제 할머니들의 음식솜씨가 좋았는지는 모르지만 할머니란 이름이 붙는 음식은 으레 맛이 있는 것으로 홍보가 되기도 합니다.

할머니는 내가 좋아하는 팥죽을 자주 쑤워 주셨습니다. 팥죽을 쑤는 일은 다른 음식에 비해 잔손이 많이 가는 일인데도 손주 사랑을 독차지하고 싶었던지 누구의 도움도 마다 않고 손수 쑤셨습니다.

할머니는 어린 나를 데리고, 내 동생을 업은 채, 저녁예배에 빠지지 않고 참석하셨으며 교회에 가서는 항상 맨 앞줄에 앉으셨고 낮일이 피곤하

섰는지 마룻바닥에 앉자마자 하나님을 만나곤 하셨습니다.

한번은 전도사님께서 교회에서 조는 것에 관해 말씀하시는 것을 듣고 어린 마음에도 할머께서 천국에 못 가시면 어떻게 하나 걱정을 한 적도 있었습니다.

내가 중학교에 입학하자 입학선물을 사주시겠다는 할머니를 따라 반나절이나 걸리는 강화읍장에 같이 갔던 추억이 새록새록 떠오릅니다. 얼마인지는 모르는 만년필을 사기 위해 쌀 두 되를 짊어진 나와 쌀 서너 되를 짊어지신 할머니와 아침 일찍이 집을 떠났습니다.

요즘 자동차로 넘기에도 가파른, 아흔아홉 구비라는 고려산 등성이를 넘어가면서 할머니와 많은 이야기를 나누었습니다. 할머니의 관심사는 나의 인천 학교생활이었습니다. 내가 초등학교를 졸업하고 인천의 중학교로 진학을 했었기 때문입니다. 할머니와 그렇게 둘이서 오랜 시간을 보낸 것은 처음입니다.

나는 1942년에 강화도에서 태어났습니다. 초등학교 졸업할 때까지도 인천을 가는 길은 배편이 유일하였을 때입니다.

지금도 휴대폰 바탕화면을 볼 때면 그리운 할머니 생각에 젖어들곤 하다가도, 모든 것을 달관할, 백발이 성성한 80 나이에 할머니를 그리워한다는 것이 계면쩍기도 하고 조금은 쑥스러운 마음이 들기도 합니다.

　너무 자주 안 계신 부모님과 조부모님과의 추억을 소환하게 되는 것을 보니 나도 이제 긴 여정을 끝낼 때가 된 것 같습니다.

어머니

어머니란 이 세상에서 필요한 모든 것을 다 압축하여 놓은 가장 아름다운 단어입니다.

미국 어느 초등학교 학생들에게 이 세상에서 가장 아름다운 단어가 무엇인지 조사를 했습니다. 선생님은 사랑이란 단어를 떠올리며 조사 결과를 보니 어머니란 단어가, 2위인 사랑보다 열 배나 많이 나온 것을 보고 놀랐다고 합니다.

어머니란, 어머니가 아직 생존해 계신 분들에게는 당장 달려가 보고 싶은 마음이 들게 하고, 어머니가 안 계신 분들에게는 눈물을 자아내게 하는 단어입니다.

강화군 화도면의 한 기독교 가정에서 자란 나의 어머니(1920년생)는 역시 기독교 가정에서 자란 나의 아버지(1921년생)와 19세가 되던, 1939년에 교회에서 목사님 주례로 면사포를 쓰고, 꽃가루를 뿌리는 아동을 따라 신부 입장을 하는 신식 결혼식을 올렸습니다.

대부분의 시골 사람들은 연지곤지 찍고, 족두리를 쓰고, 사모관대를 하고, 대례를 지내는 전통관습의 결혼식을 올리던 때입니다. 지금도 나는 가끔 부모님 결혼식 사진을 보곤 합니다. 미국 선교사들로부터 들어온 새로운 문화가 시골에 있는 한 기독교 가정의 결혼식까지도 영향을 주기 시작한 것입니다.

엄격한 가부장제(家父長制)하에서, 한 소중한 인격체로서의 적절한 대우를 받지 못했던 당시의 대부분 어머니들의 삶과 개화된 기독교 가정에서 겪는 나의 어머니의 삶은 본질적인 어머니의 삶이란 점에서, 크게 다르지 않았을 것이라는 생각이 들었습니다.

기독교 가정이며 신랑 될 아버지께서 신앙이 좋다는 조건을 보고 외가댁에서는 어머니의 결혼을 추진하신 것으로 알고 있었는데 나중에 알고 보니 시댁의 경제적 상황이 고려되었던 듯하다는 것이 어머니의 후일 담이었습니다.

어머니들은 모두 어렵고 힘든 살림살이를 꾸려나가야 했고, 자녀들을 훌륭하게 키워나가야 했으며, 시부모님을 정성을 다해 봉양해야 했으며, 남편의 뒷바라지도 소홀히 해서는 안 되었습니다.

옛날처럼 삼종지도(三從之道)의 삶은 아니라 할지라도 여전히 슈퍼우먼으로 살아야 했습니다. 여기에 더해 나의 어머니는 신앙생활도 해야 하는 이중고의 어려움이 있었을 것입니다. 이런 어려움을 잊게 하는 것은 자식을 향한 무한한 애정이었을 것이라는 생각이 듭니다.

어머니들은 자식을 위한 일이라면 물불을 가리지 않습니다. 물이라면 무서워 수영장에도 들어가지 못하는 아내는 네 살짜리 큰애(첫째)가 잘못 미끄러져 물에 빠지자 옷을 입은 채로 물속으로 뛰어들었습니다.

자신은 중병에 걸렸을지라도 개의치 않고 오직 자식이 감기라도 걸리지 않을까? 자식이 혹시 아프지는 않을까? 노심초사하는 것이 어머니 마음입니다. 자신은 굶는 한이 있어도 자식에게 계속 퍼주려고만 합니다.

고려장을 지내려고 아들 등에 업혀가던 어머니는 자식이 돌아갈 때 길을 잃을까 걱정이 되어 계속 잔솔가지를 꺾어 뿌립니다.

서울에서 오랜만에 내려온 자식과 헤어지면서, 어머니는 멀어지는 자식이, 시야에서 사라지자 발길을 돌립니다. 그러나 토지세를 내며 살던 시골집이 팔려 그날 저녁부터 어머니는 당장 갈 데가 없습니다. 그래도 자식이 걱정을 할까 말을 하지 않습니다.

자식은 그것을 눈치채지 못합니다. 이청준의 《눈길》에 나오는 이야기입니다. 어머니는 당장 오늘 저녁을 보낼 곳도 없는 어려운 사정을 자식에게 이야기하지 않습니다.

어머니는 또 자식이 성장하기까지 배냇저고리를 보관하십니다. 이때의 배냇저고리는 자식에 대한 무한한 사랑의 징표입니다.

어머니의 마음을 가장 잘 나타낸 노래가 양주동의 시에 이홍렬이 곡을 붙인 〈어머니의 마음〉입니다. 이 노래 작곡에 관한 이야기는 우리들에게 아주 잘 알려져 있습니다.

일제강점기에 음악에 남다른 자질이 있는 이홍렬이 일본 동경으로 유학을 떠납니다. 그런데 피아노가 없으면 작곡 공부를 할 수가 없었습니다. 그는 음악 공부를 포기하고 귀국하려 했습니다.

이 소식을 들은 어머니는 새벽부터 밤늦게까지 근처 산을 모두 뒤져 화력이 좋은 솔방울을 주워다 팔아 피아노 살 돈을 마련하여 보내주었습니다.
이홍렬이 제일 처음 작곡한 노래가 〈어머니 마음〉입니다. 2절이 다음과 같습니다.

어려서는 안고 업고 얼러주시고
자라서는 문에 서서 기다리는 맘

이 두 구절 이상 어머니의 마음을 더 잘 나타낼 수 있는 방법이 있을까 싶기도 합니다.

물리적 거리와 관계없이 어머니의 시선은 항상 자식을 향해 있습니다. 어머니의 안테나는 늘 자식을 향하고 있으며 계속 텔레파시가 작동하고 있나 봅니다.

군대 시절 눈을 크게 다쳐 수술을 한 적이 있습니다. 나는 집에 연락한 바가 없는데 휴가 때 집에 갔더니, 이미 상처가 아물어 아무 흔적이 없는데도 어머니는 비몽사몽간에 꿈을 꾸었다고 하시며 내 상처 부위를 정확하게 맞추었습니다. 이와 비슷한 일을 여러 번 경험한 바 있습니다.

초등학교 저학년 때의 일로 기억이 됩니다. 방에서 동생들이 싸우고 있었는데 부엌에 계시던 어머니께서 회초리를 들고 들어오시더니 다짜고짜 제 종아리를 때리셨습니다. 동생들이 싸우고 있는데 큰놈(장남)이 뭐 하고 있느냐는 것이었습니다. 그때는 참 억울하다고 생각을 했습니다.

아마도 나에 대한 일반적인 사랑의 몫은 할머니에게 양보하고, 어머니는 대신 교육과 훈육이라는 방법으로 나에게 사랑을 주셨던 것 같습니다.

어머니는 희로애락을 좀처럼 나타내지 않으셨습니다. 어머니가 행복한 모습을 보일 때는 자식과 관계되는 때입니다. 자식이 선생님에게 칭찬을 받았다든지, 성적이 좋아졌다든지 자식이 남앞에서 자랑스러워 보일 때에 어머니는 행복해하셨습니다.

유치원 때, 교회에서 하는 크리스마스 이브의 어린이 행사 중 내가 성경 암송을 한다던지, 크리스 마스 캐롤을 부른다든지, 연극을 한다든지, 무대에 설 때에 제일 행복해하셨습니다. 그때는 자식이 무대에 등장하는 횟수에 따라 어머님들의 행복지수가 변하였던 것 같습니다.

자식에 대한 어머니의 한없는 사랑은 기도 중에 잘 나타나고 있었습니다. 나의 어머니는 자식들이, 세속적 성공보다는, 신앙생활을 잘하고 좋은 사람을 만나도록 기도하셨습니다. 하늘에 닿은 어머니의 기도로, 7남매 모두가 신앙인으로 모범적 삶을 살고 있으며, 그중 둘은 목회자로 사역을 하고 있습니다.

막내를 늦게 임신하셨을 때 나에게 또 하나의 큰 짐을 주게 되어서 미안하다는 말씀을 해주시기까지 하셨습니다. 어떻게 미래에 대한 그런 세세한 염려와 걱정까지도 하실 수 있었는지 목이 다 메입니다. 아마도 형으로서 동생들을 잘 돌보라는 뜻도 포함되어 있었다고 생각합니다.

지금의 아내를 만날 때 "나는 자식들이 많으니 너는 장모님 모시고 살아라."라고 하신 넓은 헤아림의 사랑을 생각하면 감사함에 눈물이 납니다.

나이가 들어가시면서 어머니는 혈압이 높은 듯함을 호소하셨습니다. 어머니를 모시고 제기동 한의원에 가서 진맥을 하고 혈압약을 지어 치료를 하는 중에 약을 복용하시면서 어머니는 어지러움을 호소하셨습니다. 눈도 자꾸 흐릿해진다고도 하셨습니다. 한약의 명현반응(瞑眩反應)으로만 생각하고 크게 신경을 쓰지 못했습니다.

평상시의 불효는 차치(且置)한다고 하더라도, 그때의 어머니에 대한 무관심이 지금도 내 가슴을 아프게 하고 있습니다. 세상은 참 공평하다는 생각이 듭니다. 불효한 자식은 남들이 알지 못하는 가슴이 미어질 것 같은 혼자만의 아픔에 울음을 삼킵니다.

자녀들이 무의식적으로 어머니에게 저지르는 잘못 중 가장 큰 잘못은 어머니는 으레 그러려니 하면서, 좀처럼 어머니의 입장에서 어머니의 고통을 생각해보지 않는다는 것입니다. 어쩌면 내가 한 행동을 그렇게도 잘 꼬집는 말인지 모르겠습니다.

왜 어머니를 종합병원으로 모시고 가서 한 번만이라도 종합검사를 받게 해드리지 못했는지 글을 쓰면서도 눈이 흐려집니다.

가끔 그때 어머니가 약한 몸인데도 불구하고 장기적으로 한약을 복용하게 하신 것이 오히려 병을 악화시키지는 않았나 후회를 해봅니다.

결국 할아버지와 내가 함께 드리는 찬송과 기도 속에 어머니는 이른 나이, 55세에 하늘나라로 떠나셨습니다.

어머니를 생각할 때면, 어머니에 대한 추억보다 불효막급했던 일만이 떠올라 심한 가슴앓이 통증에 시달립니다. 이 통증은 어머니를 만나러 가는 날까지 계속될 것입니다.

〈시인과 어머니〉라는 시에서 권태주 시인이 말한 것처럼, 흰 눈 내리는 저녁, 쇠죽을 끓이던 어머니도, 꺼져가는 불씨를 불어가며 매운 연기를 피우시던 어머니도, 이젠 이 세상에 없습니다. 어머니와 함께 보던 싸락눈도 이젠 없습니다.

어머니가 고통을 당할 때 천방지축으로 철없이 살아왔던 삶들이 어머니가 가시고 나니 모두 심한 고통이 되어 내게 다가옵니다.

아버지

아버지란 극소수의 모계사회를 제외하고는, 세계 모든 가정의 중심이 되는 중요한 기둥입니다. 그 전통은 파르테논 신전의 기둥만큼이나 오랫동안 이어오고 있습니다.

그렇지만 그에 상응하는 역할을 제대로 수행하기란 그리 쉬운 일이 아닙니다. '자식들에게 아버지 노릇을 제대로 하지 못했다는 자책감과 자괴감을 가지고 살아가는 것이 대부분 아버지들의 마음이 아닐까?' 하는 생각이 들자 먼 곳으로 가신 아버지의 그늘지고 말씀이 없으셨던 모습이 떠오르며 가슴이 먹먹해집니다.

어느 작가의 아버지에 대한 글입니다.

> 아버지에 대한 추억에 젖어있는 당신은 새록새록 그 시절이 생각이 날 것입니다.
> 아버지에 대한 감사의 정을 느끼고 있는 당신은 따뜻한 정을 다시금 느낄 것입니다.

아버지에 대한 회한에 젖어있는 당신은 뼈저린 후회와 눈물을 흘릴 것입니다.

이 글을 쓰는 동안 아버지에 대한 불효로 회한의 눈물을 흘리고 있습니다.

나는 지금도 아버지로서의 모범을 보이지 못한 사실 때문에 자식들에게 올바른 교훈을 입 밖에 내지 못하고, 불효로 겪는 가슴 아픈 통증을 자식 앞에 말하지 못하고 있습니다.

며칠 전, 어려웠던 시대적 환경 속에서도 불편한 몸으로 거머리에 물려가며, 경운기 대신에 소로 논을 갈며, 힘겨운 농사일을 하시던 아버님을 그리워하는 글을 접하게 되었습니다. 신경숙 씨의 《아버지에게 갔었어》라는 소설이었습니다. 잔잔한, 그러나 진한 감동에 가슴이 뭉클했습니다.

글을 읽는 동안 농사를 지으시며, 어머니의 병수발로 고생을 하시던 아버지의 모습이 떠올라 그리움에 젖어들었습니다.

살아가는 방식과 자식에게 주는 아버지의 교훈은 각각 다를지라도 자식들을 위한 아버지로서의 마음은 모두 한결같을 것이라는 생각을 합니다.

아버지들은 자녀라는 화살이 멀리 날아갈 수 있도록 등을 굽히는 역할을 기꺼이 합니다. 자녀들은 성공을 향해 날아가는 화살이고 아버지는 이들을 멀리 보내기 위한 활입니다. 활이 많이 휘면 휠수록 자녀는 멀리 날아갈 수 있고 성공할 수 있습니다. 비록 그 성공을 당신 자신이 보지 못해도 상관없습니다.

아버지에 대한 공감 가는 말이 많이 있습니다. 아버지는 어렵고 힘들고 외로워도 눈물을 보이지 않습니다. 울 장소가 없습니다. 어머니의 눈물은 뺨을 타고 흐르지만 아버지의 눈물은 가슴으로 흐른다고 합니다.

아버지는 자신의 기대치를 자식이 채워주기를 바란다는 오해를 받습니다. 아버지의 기대치는 자식의 기대치와 일치합니다. 아버지는 자식들이 원하는 삶을 살기를 바라고 응원하며, 아버지는 자녀를 누구와도 비교하지 않습니다. 있는 자리에서 최선을 다하고 행복을 느끼는 자녀를 보는 것이 아버지의 기대치입니다.

아버지들은 자녀들의 협박의 대상이 되기도 합니다.

알고 있는 클라식 음악이 별로 많지는 않지만 오페라 《잔니 스키키》에 나오는 〈오 사랑하는 나의 아버지〉를 즐겨 듣습니다. 멜로디도 너무 좋고, 가사는 모르지만 노래 제목으로 보아 딸이 아버지를 사랑하는 마음으로 부르는 것이라 생각하며 자주 들었습니다.

그런데 그게 아니고 사랑하는 사람과 결혼을 허락해주지 않으면 아르노강(피렌체에 있는 강)에 빠져 죽겠다고 하는 협박의 노래라는 말을 듣고 '그러면 그렇지, 아버지란 자녀의 협박의 대상도 되지!' 하며 쓴웃음을 지은 적이 있습니다.

아버지는 죽을 때까지, 언니에게만, 형에게만, 혹은 동생에게만 잘해주는 사람으로, 억울한 누명을 쓰고 살아가기도 합니다. 이런 누명은 죽은 후에야 벗을 수 있습니다.

아버지의 마음을 가장 잘 보여주는 것이 성경에 있는 탕자의 비유입니다. 두 명의 아들을 둔 아버지가 있었습니다. 둘째 아들이 아버지에게 자기 몫에 대한 재산을 미리 달라고 합니다. 당시 유대교 관습으로는 죽기 전에 아버지에게 재산 분활을 요구하는 것은 아버지더러 빨리 죽으라는 청천벽력과 같은 요구였으나 재산을 나누어 주었습니다. 둘째는 재산을 가지고 집을 떠나 방탕한 생활로 재산을 탕진하고 궁핍한 생활을 하다가 아버지에게 돌아가서 나는 아버지의 아들이라 말할 자격조차 없는 죄인이니 종으로 받아달라고 간청을 했습니다.

그러나 아버지는 기뻐하며 "내가 잃었던 아들을 다시 찾았노라." 하면서 제일 좋은 옷을 입히고, 손에 가락지를 끼워주고, 살찐 송아지를 잡고 잔치를 벌입니다. 이게 아버지들의 마음입니다.

잃었던 아들을 다시 찾은 아버지의 마음을 가장 잘 표현한 그림이 람브 란트의 〈탕자의 귀환〉입니다.

아버지는 늘 "그때 그렇게 했어야 했는데."를 되새기며 후회하며 살아갑 니다. 아버지는 늘 나는 "괜찮다."라고 말하는 분입니다.

선진사회나 미개사회를 망라(網羅)하고, 아버지란 그 역할, 그 능력에 상 관없이, 가정의 버팀목으로서, 대표성을 가지고 있는 존재로서 받아들여 지고 있는 것 같습니다.

대부분의 아버지들은 아버지라는 말이 가지는 의미에 합당한 역할을 잘 수행하려는 최선의 마음을 가지고 어려운 일들을 내색하지 않고 견디 며, 묵묵히 살아가고 있습니다.

어머니들의 힘들고 고생했던 삶은 살아생전에 사랑의 언어로, 또는 금 전적으로, 보상(?)을 받는 데 반하여 아버지들이 겪은 어려움과 이룩한 성 취들은 아버지들이 세상을 떠난 후에 모두 복권(?)이 됩니다.

요즘은 아버지들의 권위와 위상이 땅에 떨어졌다는 말을 자주 듣습니 다. 선뜻 동의하기가 어렵습니다. 혹시 강력한 유교적 가부장제도하에서 존재했던 강력한 부권으로부터의 탈피를 권위의 상실로 간주하는 것은 아닌지 모르겠습니다.

요즘 아버지들은 모든 가정사에 아내와 가족들을 최우선으로 생각합니다. 자신은 꼴찌여도 좋습니다.

아내를 대신해서 시장을 보기도 하고 앞치마를 두르고 설거지도 하고, 쓰레기봉지를 들고 다니는 아버지의 모습은 이제 일상이 되어갑니다. 이런 것들을 부권의 상실로 보는 것은 잘못된 해석이라고 생각합니다.

자신이 귀가하기 전에는 자녀들이 먼저 잠자리에 들지 못하고, 자신이 수저를 들어야 자녀들이 수저를 들고, '너 이제 일주일간 외출 금지다.'라는 명령을 내릴 수 있었던 과거의 권위를 높은 위상이라 말할 수 없다는 생각입니다. 요즘 아버지들의 위상과 관련짓는 대부분의 행위들은 가족을, 아내를 사랑하는 마음의 발로입니다.

오늘의 아버지들은 가족을 사랑하는 자신의 모습과 역할에 만족하며 행복을 느낍니다. 오히려 옛날보다 아버지의 진정한 위상은 점점 좋아진다는 생각을 합니다.

가끔 자녀들에 대한 불만을 토로하는 친구들이 있습니다. 그런 소리를 들을 때마다 '나는, 나의 아버지에게 만족한 자녀였을까?'라는 생각을 해봅니다. 질문을 할 수 있는 자격조차 없습니다.

요즈음 자녀들이, 나보다 훨씬 아버지들의 은혜에 감사하고 있음을 곳곳에서 느낄 수 있습니다.

최근 유튜브에 올라가 있는 글입니다.

위대한 아버지에게 드리는 상

평생을 한결같은 사랑과
정성으로 가족을 살펴 주시고
이끌어 주신 아버지의 은혜에
깊은 감사와 존경의 마음을 담아
이 패를 드립니다.

– 대한민국 아들 딸 일동 –

심근경색으로 강화의료원과 영동 세브란스 중환자실을 오가시던 아버지를 사랑의 마음보다는 의무의 하나로 생각하며, 무심히 대했던 불효가 생각나 지금도 후회의 가슴앓이를 하고 있습니다.

아내

아내!

생각할수록 아름답고, 정겹고, 은근하고, 편안하고 미소를 띠게 하는 명칭입니다. 아내란 영원한 사랑과 유일한 평생 친구를 상징하는 대명사가 아닐까 생각을 합니다.

아내에 관한 많은 명언 중에서 가장 마음에 와닿는 말은 탈무드에 있는 말입니다.

아내를 괴롭히지 마라. 하나님은 아내의 눈물방울을 세고 계신다.

겁이 나는 말입니다.

남편들이 아내에게 눈물을 많이 흘리도록 한 세대가 우리 세대가 아닌가 생각을 해봅니다. 여기서 사용한 '우리 세대'란 '나'를 말합니다.

아내에게 많은 눈물을 흘리도록 했던 것에 대해선 유구무언일 수밖에 없습니다. 돌이켜 반성하는 마음으로 지금은 회개하며 살아가고 있습니다.

할머니와 할아버지에 관한 잘 알려진 유머가 있습니다.
어느 날, 80대 할아버지가 머리에 붕대를 감고 노인정에 나타났습니다. 이유를 묻자 "아침에 눈을 떴더니, 영원히 감지 왜 눈을 떴냐?"라고 하며 할머니가 후라이팬으로 때려서 이렇게 됐네 하더랍니다.
나는 80이 넘었지만 아침에 안심하고 눈을 뜹니다.

아내는 남편의 사랑을 받고 있다는 것을 느낄 때 아름다워진다고 합니다. 따라서 남편의 사랑은 아내를 아름답게 만드는 묘약입니다. 아내는 누구나 내면에 아름다움을 간직하고 있는데 사랑을 받을 때 그 아름다움이 드러나는 법입니다.

사랑을 하면 할수록, 아름답다는 말을 해주면 해줄수록 아내의 아름다움은 더욱 빛을 발합니다. 아내를 아름답게 만들 수 있는 분은 하나님을 제외하고는 남편들뿐이라고 합니다.

아침을 먹다 밥풀을 좀 흘립니다. 이왕 흘린 것, 아내 보라고 일부러 좀 더 흘립니다. 그리고는 아내의 못마땅하다는 표정이 시작되려는 순간, 나는 즉각 "여보 내가 좀 칠칠맞긴 하지."라고 하며 곧 있을 아내의 공격을 선제적으로 피합니다.

선제공격 시점을 잃은 아내는 스트레스 해소의 좋은 기회를 잃은 것이 몹시 아쉬운 것 같습니다.

가끔 밥을 하는 아내의 등에다 대고 "나나 하니까 집에서 해주는 밥을 먹지 누가 집에서 해주는 밥을 먹어."라고 아내에게 공격거리를 제공해줍니다.

그러면 아내는 기다렸다는 듯이 신이 나서 "아니 이 나이에 남편 밥 꼬박꼬박 챙겨주는 사람이 어디 있어요."라고 하며 일식이가 어떻고 이식이가 어떻고 삼식이는 환영을 받지 못한다는 등 자연적으로 스트레스를 해소합니다.

가끔 나는 아내의 심기를 건드려서 아내가 잔소리를 해가며 스트레스를 풀도록 장(場)을 열어줍니다. 심심하면 자주 시비를 걸어 아내가 말을 하도록 유도하기도 합니다. 나이를 먹을수록 말을 하지 않으면 급격히 어휘력을 상실합니다.

나도 다른 사람들처럼 아내를 '여보'라고 호칭합니다. 우리가 잘 알고 있는 바와 같이 여보란 호칭은 한자로 같을 여(如), 보배 보(寶) 자를 써서 여보(如寶)라고 하는, 보배와 같다는 뜻입니다.

곰곰이 생각해보면 어느 가정이든 가정을 일으킨 최고의 수훈자는 아내입니다. 남편이 가져오는 쥐꼬리를 가지고(그나마 도로 뺏어 가기 일쑤인 쥐꼬리) 자녀들을 교육시키고 의식주를 해결하고, 남 보기에 부끄럽지 않은 남편을 길러낸(?) 숨은 공로자입니다. 표현은 하지 않더라도 대부분의 남편들은 이 사실을 잘 알고 있으며 아내에게 고마움을 느끼고 있습니다.

가정의 보배는 아내입니다. 가정생활에 관한 한 남편의 생각은 아내의 지혜를 따르지 못합니다. 남편 말을 따르다가 쪽박을 찬 경우는 많아도 아내 말을 들어서 낭패를 보는 경우는 없습니다.

그래서 아이들이 아버지에게 어떤 것을 물어보면 대부분 아버지들은 엄마에게 물어보라고 합니다. 답변회피가 아니고 아내의 현명함을 믿고 존중하기 때문입니다.

아내는 있어야 할 자리에 있는 것만으로도 큰 힘이 되고 위안이 됩니다. 상처한 친구들이 한결같이 하는 말입니다. 아내가 차지하는 비중은 무극, 무한합니다.

아내는 같이 백년해로하면서 제일 편하게 지낼 수 있는 평생의 동반자요 가장 편한 친구로서 더더욱 존귀하고 필요한 존재입니다.

전작 산문집 《산다는 것》에서, 아내에 대해 언급한 바가 있으므로 이번이 후편이 되는 셈입니다.

아내는 아버지의 얼굴도 모릅니다. 아버지는 아내가 3살 때 6·25전쟁 참전 중 전사하셨습니다. 아내는 무남독녀로서 형제는 물론 4촌도 없이 할머니와 엄마와 세 식구만의 외로운 생활을 하며 자랐습니다.

그래서 그런지 사람들을 몹시 좋아합니다. 자기를 금지옥엽으로 사랑했던 할머니가 생각이 나는지, 아니면 하늘나라 가신 장모님이 생각나는지, 특히 나이 많은 분들한테 정을 느끼며 배려하는 마음이 큽니다.

그런데 연로한 나에게만은 예외입니다. 아직 연로하지 않다고 생각을 하는지, 편안하게 생각해서인지 아니면 홀로서기 연습을 시키느라 그런지 모르겠습니다.

아내는 70 중반을 넘긴 나이에도 반나절은 컴퓨터 자판기를 두드리며 온갖 별스러운 것들을 다 찾아보며 시간을 보냅니다. 나머지 절반 중의 절반은 휴대폰에 빠져 게임을 즐깁니다. 이때는 영락없이 초등학교 학생입니다. "아이구 아깝네. 기록을 깰 수 있었는데." 어쩌고저쩌고합니다. 한참을 즐기다 식사시간 가까이 되어서야 "아유 벌써 00시가 됐어." 합니다.

전화기와 한번 결혼을 하면 좀처럼 헤어질 줄 모르고, 30분 정도 통화는 기본입니다. 이때부터는 아내에 대한 어떤 기대도 접어야 합니다.

아내는 종종 수리공(修理工)이 되기도 합니다. 선풍기가 고장났다 하면 군소리 없이 자기가 손을 보고 환풍기, 설거지통, 하수구 등 왠만한 것은 본인이 다 수리를 합니다.

같이 사는 며느리도 비슷합니다. 공구통을 들고 다니며 손수 해결을 합니다. 그래서 나는 이 집안에서 쓸모가 없는 사람으로 전락을 했습니다.

아내가 말대로 참 보배인지 아닌지 헷갈릴 때가 종종 있기도 합니다.
아내는 미식축구공(럭비공)과 같이 어디로 튈지 전혀 예측하기 어렵습니다. 한번은 내 휴대폰에 세종정부 청사 민원실 명의로 다음과 같은 문자가 왔습니다.

귀하께서 보내주신 귀중한 민원 고맙게 잘 받았습니다.
검토결과 서울특별시 강남구 세무소로 민원을 이첩하였으니
참고하시기 바랍니다.
– 세종정부청사 민원실 000 올림 –

이게 무슨 뚱딴지같은 소리야, 민원이라니! 보낼 사람에게 정확히 보내야지, 나는 민원을 낸 일이 없는데 하다가 혹시 아내가? 하는 생각이 들어 확인을 해보았더니 아내가 주택에 관한 세금에 대해 부당한 면을 조목조목 지적하는 장문의 글을 내 이름으로 올렸습니다. 이에 대한 처리결과를 나한테 통보한 것입니다. 이름 도용을 못 하게 감시할 수도 없고, 앞으로 무슨 일을 당할지 모르겠습니다.

○○일보에서, 국회의원 선거가 끝나고 지역별 선거 결과를 발표하는 과정에서 대치1동은 한국당이 몇 %, 대치4동은 민주당이 몇 %라고 색깔로 구분하여 함께 발표한 적이 있었는데 이 기사를 보고 아내가 기자한테 항의를 했다고 합니다.

"그게 일반 국민한테 뭐 그리 중요한 일이라고 이웃 주민 사이를 분열시킬 수 있는 일을 하느냐!"라고 항의를 해서 그런 것은 미처 생각을 못 했노라는 기자의 사과를 받아낸 적이 있다고 합니다.

십수 년 전 아내는 KBS의 〈우리들 사는 세상〉이라는 프로그램에 나 몰래 출연하여 6·25전몰 장병에 대한 부족한 대우의 부당함을 호소하기도 했습니다.

외롭게 자라서 수줍음을 많이 타는 편인데도 아내는 가끔 엉뚱한 일을 저지릅니다. 전혀 예측을 할 수 없는 행동을 합니다.

교회를 잘 다니고 있는데 하루는 나에게 교회 뜰만 밟으며 왔다 갔다 하지 말고 장애 어린이 차량봉사를 하면 어떻겠느냐고 제의를 하는데 이건 제의가 아니고 거의 거절할 수 없는 통보 수준이었습니다. 이로부터 꼼짝 못 하고 3년간 차량봉사를 했습니다.

미식 축구공이 튀듯 언제 별안간 나를 향해 튈지도 모릅니다. 조심하면서 피할 만반의 준비를 하고 있어야 합니다.

여태껏 같이 살면서도 어떤 것을 좋아하는지 아직도 아리송할 때가 있습니다. 아내는 좀처럼 호불호(好不好)를 나타내지 않습니다. 잔치국수만은 숨기지 않고 좋아합니다.

고급 요리를 먹기로 약속을 하고 음식점을 찾아가다가 아내가 "저기 잔치국수 집이 있네." 하면 이내 고급 요리는 접고 발걸음은 잔치국수 집으로 향하고 맙니다. 그래도 원래 그런 사람인지라 이제는 그러려니 하고 삽니다.

옛날에 〈파랑새는 있다〉라는 TV드라마가 있었습니다. 파랑새는 가까이에 있는 행복을 의미합니다.

벨기에의 작가 마테를 링크의 동화 《파랑새》는 가난한 나무꾼의 아이인 틸틸과 미틸 남매가 파랑새를 찾아 세상을 여기저기 돌아다닌다는 이야기입니다.

남매는 병든 딸을 위해 파랑새를 찾아달라는 마법사 할멈의 부탁을 받고 개, 고양이 등의 요정과 함께 상상의 나라, 행복의 나라, 정원의 나라, 미래의 나라 그리고 추억의 나라들을 일일이 찾아 밤새 헤맵니다. 어디에서도 파랑새를 찾지 못한 채 꿈을 깨고 보니 파랑새는 자기 머리맡 새장 속에 있었습니다.

진정한 행복은 가까이에 있음을 일깨워주는 아름다운 동화입니다. 이후 파랑새는 행복을 상징하는 새가 되었습니다. 파랑새는 광주 수목원에 가야 볼 수 있는 게 아닙니다. 파랑새는 바로 옆에 있습니다.

"여보!" 하고 뒤돌아보면 있어야 할 그 자리에 서 있는 아내는 진정한 파랑새입니다.

2장

살아가는 이야기

...

경청(傾聽)

　이십여 년 전 일입니다.

　동기동창들의 나이가 60이 다 되어서, 화학을 가르치신 은사님을 모시고 동창모임을 가진 적이 있었습니다.

　오랜만에 만난 반가운 얼굴들과 한참 이야기꽃을 피운 후 제자들이 선생님에게 노래 한 곡을 청했습니다. 당시 70이 넘으신, 그러나 아직도 정정하신 선생님께서 몇 번을 사양하시다가 마지못해 일어나 노래를 부르시기 시작했습니다.

　젊은 시절을 회상하시며 눈을 지긋이 감으시고 토셀리의 세라나데를 부르시는 선생님은 감회에 젖으시는 듯 눈가엔 가벼운 물기까지 살짝 비쳤습니다.

사랑의 노래 들려온다
옛날을 말하는가 기쁜 우리 젊은 날
은빛 같은 달빛이 동산 위에 비추고
즐겁게 속삭이던 그때 그 일~

아름다운 가사와 감미로운 멜로디는 지난 젊은 시절을 회상하기에 너무도 좋은 노래입니다.

그런데 술이 얼큰한 제자들은 선생님의 노래에는 아랑곳하지 않고 왁자지껄, 자기들끼리 도떼기시장판이요 난장판이었습니다. 선생님은 제자들을 한번 둘러보시더니 분위기가 아닌 것을 아시고 대충대충 끝을 내셨습니다.

재미로워라 꿈결과 같이 지나가건만
내 마음에 사모친 그 일 그리워라~

그런대로 끝냈으면 그래도 괜찮을 수도 있었습니다. 갑자기 선생님의 노래가 끝난 것을 알게 된 제자들의 앵콜! 앵콜! 소리를 들으시는 선생님 얼굴에는 쓰디쓴 미소가 스쳐지나갔습니다.
"존경하는 피○○ 선생님!"
제자의 한 사람으로서 얼굴을 들기가 부끄럽습니다. 이 글을 통해서 백배 사죄의 말씀을 드립니다.

경청할 줄 모르는 제자들이 만들어낸 슬픈 광경이요, 사건입니다. 인간관계에 있어 가장 기본이 되는 요소는 대화이고, 대화에서 가장 중요한 부분은 경청이라 말할 수 있습니다.

경청까지는 아니더라도 대화에 있어서 다른 사람의 얘기를 들어주는 것은 사람으로서 갖추어야 할 기본 태도요, 상식이라고 생각합니다.

자기 할 얘기만 다하고는 남이 얘기를 할 때는 딴청을 부리는 친구들이 있습니다. 주위에 시선을 돌리며 기웃거리거나 자기 핸드폰을 들여다보며 들어온 문자를 보거나 문자를 보내기도 하고 심지어는 전화를 거는 친구도 있는데 내용을 들어보면 그리 중요하지도 않은 것 같습니다.

여럿이 함께한 자리라면 그래도 이해를 할 수 있겠지만 겨우 3~4명이 대화를 하는 중에도 이런 행동을 해서 민망한 마음이 들게 합니다.

이야기 도중에 끊임없이 남의 이야기를 가로채며 상대의 이야기를 반박하는 친구도 있습니다. 대화를 토론으로 생각하는 듯합니다. 의사소통의 기본은 말이라기보다는, 경청이라는 사실을 인식하지 못하는 것 같습니다.

듣기보다 말하기를 더 좋아하는 사람들이 너무 많은 것 같습니다. 상석에 앉아서 자기 말만 끊임없이 하며 다른 사람들의 발언 기회를 아예 고려할 줄 모릅니다.

처음부터 끝까지 하나 마나 한 공자 말씀이나 이어나가면서도 듣는 아랫사람들이 자기의 말에, 알지 못했던 새로운 사실을 발견하고 흥미를 느끼며 자기를 존경하고 있는 줄, 착각을 하는 것 같습니다. 그런데 그런 사실을 본인만 모릅니다.

지금은 포천에서 두레교회에 원로 목사님으로 계시는 김진홍 목사님이 청계천 판자촌에서 개척교회를 시무하고 계실 때(1960년대)의 이야기입니다.

당시 청계천 뚝방을 따라 쭉 늘어선 판자촌에는 넝마주이, 부랑자, 폭력배, 술주정뱅이 등 최하층민들의 생존싸움이 끊이지 않았다고 합니다.

하루는 교회 주일학교에 나오고 있는 아이 하나가 와서, 술주정뱅이인 이웃집 아저씨가 전도사님(당시)을 모시고 오란다고 해서 찾아갔더니 방 안에는 술병이 이리저리 굴러다니고 있는 가운데 50대쯤 보이는 아저씨가 술에 취해 있었습니다.

"전도사님 좀 앉아 보시라요."라는 이북 사투리의 아저씨 말에 일단 마주 앉았습니다.

자기 이름을 소개한 후, 일제 말기에 술꾼인 아버지는 가출을 하시고 찢어지도록 가난한 생활을 견디지 못한 어머니를 따라 만주로 이사를 간 얘기를 시작으로, 집이 없어 움막을 파서 추위를 피하고 이 집 저 집 구걸을 해서 입에 풀질을 하며 고생을 했던 이야기, 만주에서도 가난한 사람들은 식량이 없어 굶어 죽었다는 이야기, 해방을 맞아 만주에서 걸어서 남쪽으로 올 때의 고생 이야기 등 자기 신세타령을 하다가, 힐끗 전도사님을 한번 쳐다보고는, 다시 38선을 넘어온 이야기를 하는데 시간을 보니 벌써 2시간이나 흘러가고 있더라는 것이었습니다.

집중해서 듣다 보니 허리는 아프고, 다리는 저려오고 고역도 이렇게 큰 고역은 없다는 생각에 전도사님은 뛰쳐나가고 싶은 마음이 들기도 했지만, 이 사람이 얼마나 한이 맺혔으면 그리고 얼마나 이야기를 들어주는 사람이 없었으면 이러겠나 싶어서 꾹 참고 순교가 따로 있나 이게 순교지 하는 마음으로 버티고 앉아 듣고 있었다고 합니다.

앞으로 38선을 넘어온 이야기, 공산주의와 자유진영의 좌우 이념전쟁, 정부수립, 6·25전쟁, 4·19 부정선거 데모, 5·16혁명 등을 거치려면 오늘 밤을 꼬박 견뎌야하겠구나 결심을 하는 순간 "전도사님 오늘은 이만하고 나머지 얘기는 다음에…"라고 말하면서 끝을 맺어 전도사님은 방에서 탈출할 수 있었다고 했습니다.

다음 주일, 불량배로 보이는 처음 보는 건장한 남자 3~4명이 예배에 참석을 했다고 합니다. 그래서 교회에 나오게 된 동기를 물으니 자기 두목이 "너희들 교회에 나가라. 그 전도사 보통 사람이 아니다."라고 해서 나오게 되었다는 것입니다.

그 두목이 말하기를 자기 얘기를 30분 이상 들어준 사람이 없어 일부러 길게 이야기를 해보았는데 꼼짝하지 않고 얘기를 듣더라며 그 전도사 보통 사람이 아니니 잘 모시라고 했다는 것입니다.

한이 맺힌 사람의 긴 이야기를 참고 견디며 들어준 결과가 전도사님은 영웅이 되고 훌륭한 전도를 한 결과도 가져온 것입니다.

자기의 가슴 답답한 사정을 다른 사람 앞에 하소연하고 싶은 때가 있습니다. 사람들은 자기에게 훌륭한 말을 해준 사람은 쉽게 잊으나 자기의 말을 끝까지 진지하고 흥미있게 경청해준 사람은 고맙게 생각하고 기억한다고 합니다.

상대방에게 친밀감을 주고 상대방의 마음을 편하게 해주는 진지하고 진실한 경청을 하기 위해서는 무엇보다 상대방에 대한 어떠한 편견이나 선입관을 버리고, 자기와 같은 인격체로 존중해야 합니다.

상대가 말을 할 때마다 그 말은 옳지 않은데, 또는 왜 나에게 이런 얘기를 할까 하고 비판할 마음을 갖지 말고 마음을 비우고 어떤 말을 하든 그 말 자체를 순수하게 받아들여야 합니다.

여기에 상대방을 사랑하는 마음까지 가지고, 귀와 눈빛과 표정 그리고 몸짓을 동원하여 공감적 반응을 보이면, 김진홍 목사님의 경우처럼 한이 맺히거나 외로움에 갇혀 고통을 당하는 한 영혼을 치유할 수도 있습니다.

경청은 행복한 가정을 만드는 데도, 추구해야 하고 실천해야 할 가장 필요한 필수조건입니다. 부모님의 말씀에, 아내의 말에, 자녀의 말에 경청하는 것보다 더 아름다운 모습은 없습니다.

경청을 하다 보면 평소에는 알지 못하던 상대방의 환경, 생각, 슬픔, 기쁨, 어려움 등을 알 수 있게 되고 상대방을 좀 더 이해하는 마음이 생기는 것 같습니다.

독서 유감

　오늘도 독서 삼매경(三昧境)에 빠져 내려야 할 전철역을 지나치는 바람에 쓸데없는 시간을 낭비했습니다. 나는 대중교통을 이용할 때면 어김없이 책을 읽습니다.

　이런 일을 너무 자주 겪기 때문에 독서를 하면서도 수시로 내려야 할 역을 점검해보곤 하지만 어느새 지나치기 일쑤입니다.

　한번은 종점에서도 내리지 못하고 차고로 들어가는 해프닝까지 있었습니다. 환승버스를 기다리는 중 책을 보다 급히 탄 버스가 환승버스가 아닌 바로 내가 내린 버스를 또 타기도 합니다.

　인삼밭에 가면 풀이 잡초이고, 잡초밭에 가면 인삼이 잡초라는 말이 있듯이 모두 휴대폰을 들여다보고 있는 가운데, 나이 80의 백발 노인이 홀로 책을 읽자니 유독 내가 무엇인가 특별한 사람처럼 보이려고 하는 것 같기도 하고 튀는 것 같이 보일 수도 있다는 생각에, 자제를 하다가도, 어느새 가방에서 책을 꺼내 읽곤 합니다. 절제를 하려고 해도 그리 쉽지가 않습니다.

이젠 독서가 일상생활의 일부분이 되어버렸고, 독서가 주는 유익함을 버리기가 어렵습니다.

과학자들의 말에 따르면 독서는 뇌로 흐르는 혈류량을 증가시키며 ,마음의 긴장을 없애주고, 혈압을 안정시켜주는 호르몬인 '세로티닌' 생성을 촉진시켜주며, 강력한 통증완화제인 '다이돌핀' 생성을 촉진시킨다고 합니다.

미국에서는 독서와 글쓰기를 통해 고통을 치료하는 문학치료협회(National Association for Poetry Theraphy)가 있어, 열심히 독서와 글쓰기를 장려하고 있습니다.

독서는 새로운 정보와 지식을 제공해줄 뿐 아니라 고통도 완화시켜 주며, 마음을 안정시키며, 수많은 기다림의 시간을 지루하게 느끼지 않게 해주며, 인내와 여유의 느긋한 마음을 갖게 해줍니다. 독서를 하고부터는 급한 마음이 사라져 버렸습니다.

우리나라가 독서를 잘하지 않는 국가 중 최상위 그룹에 속한다는 통계를 본 적이 있습니다. 전철을 타보면 그것이 사실일 수 있다는 느낌을 지울 수가 없습니다.

전통 유교 국가인 우리나라는 책을 읽는 선비를 존경하고 우대하는 사농공상(士農工商)의 신분제도가 뿌리 깊은 사회였습니다.

가난해서 등잔불도 켜기가 어려워, 반딧불이빛과 눈빛으로 공부했다는 형설지공(螢雪之功)이라는 말과 독서삼매경(讀書三昧境), 독서백편의자현(讀書百遍義自見)이란 말이 있을 정도로 독서를 중시하던 나라인데 어찌 이렇게 변했는지 이해가 가지를 않습니다.

노인이고 젊은이고 전철에서 독서하는 사람을 보기란 가뭄에 콩 나듯 드문드문합니다. 특히 노인들은 고집스럽게도 독서를 싫어합니다. 노인에게 독서를 바라는 것은 연목구어(緣木求魚)와 마찬가지인지도 모릅니다.

각종 언론매체와 서적들 그리고 카톡, 유튜브 등에는 하루가 멀다 하고 건강하게 노년을 보내는 법, 치매에 걸리지 않는 법 등이 난무하고 있고, 노인들은 그런 기사들에 큰 관심을 기울이는 것 같습니다.

그런 모든 방법은 다 지키려고 온갖 노력을 경주하지만 정작 빠지지 않고 등장하는 독서의 필요성에 대해서는 애써 외면을 합니다. "다 늙어서 무슨~" 하고 고집스럽게도 무시를 합니다.

이해가 되는 면이 있기는 합니다. 오랫동안 독서를 하지않던 사람이 아무리 노년 건강에 유익하다고 해도 별안간 책을 손에 들기란 그리 쉬운 일은 아닙니다.

뉴턴의 법칙 중 관성의 법칙이란 것이 있습니다. 외부로부터 힘이 작용하지 않으면 물질의 운동상태는 변하지 않는다는 법칙이지요. 달리던 물체는 계속 달리려 하고 가만히 있던 물체는 계속 정지상태를 유지하려고 합니다.

이 물체의 운동상태를 변화시키려면 중력이나 또는 마찰을 이길 수 있는 큰 힘이 필요합니다. 학교를 졸업한 이후 계속 책을 읽지 않고 있던 사람에게 책을 읽도록 하려면 엄청나게 큰 충격의 힘을 가하지 않는 한 어려울 것입니다.

치매에 걸리는 한이 있더라도 책은 못 읽겠다고 우스개 소리를 하는 친구도 있습니다. 나는 "조상 중에 책을 읽다 돌아가신 분이 있나?"라고 응수하며 웃어버립니다.

독서의 중요성은 여러 사람들이 강조를 했습니다. 가수 나훈아가 테스형이라 부른, 서양 철학의 아버지 소크라테스는 독서를 권장하면서 독서는 남이 오랫동안 자료를 수집하고 검토하고 연구하고 분석하여 내놓은 결과를, 동일한 수고도 없이 자기의 것으로 만들 수 있는 이(利)점이 있다고 했습니다. 매우 수긍이 가는 말입니다.

에이브러햄 링컨도 "내가 읽지 않은 책을 찾아주는 사람이 바로 나의 좋은 친구이며 내가 알고 싶은 것은 모두 책에 있다."라고 말을 했습니다.

안중근 의사의 유묵(遺墨) 중에 짤린 손가락이 선명히 보이는 손바닥으로 직인을 한 '일일 부독서 구중생형극(一日 不讀書 口中生荊棘)'이란 붓글씨를 우리는 기억합니다. 안 의사는 하루라도 책을 읽지 않으면 입에 가시가 돋는다고 했습니다.

독서는 언어 능력을 향상시켜주고 다른 사람과의 교양 있는 대화를 가능하게 해줍니다. "책을 두 권 읽은 사람이 한 권 읽은 사람을 지배한다."라고 에이브러햄 링컨이 말했습니다.

이와 같이 독서의 중요성은 아무리 강조해도 지나치지 않습니다. 독서는, 새로운 정보와 지식습득에 필수적 도구일 뿐 아니라 사고력과 통찰력과 분석력을 배양(培養)시켜주고, 지식의 다양성을 인정하여 자신만의 고정관념에서 탈피하고, 세상을 더 객관적인 면에서 관조할 수 있는 분별력과 판단력을 증가시켜 줍니다.

신문을 구독하는 학생들의 학습효과가 그렇지 않은 학생들보다 월등히 높다는 고등학교 교사의 연구결과를 신문지상에서 읽은 기억이 납니다.

IQ를 좌우하는 요인으로 유전자 다음으로 중요한 인자는 독서량이라는 미국 아이오아 주립대학의 연구 결과도 있다고 합니다. 이때 중요한 것은 무었을 읽었느냐가 아니고 얼마만큼 읽었느냐가 중요하고, 책도 편식을 해서는 안 되고 여러 종류의 다양한 책을 읽는 것이 중요하다는 것입니다.

특히 고령 이후의 독서는 더욱 중요하다고 합니다. 독서하는 고령자의 뇌는 독서하지 않는 노인보다 약 50% 정도로 퇴화가 더디다고 합니다.

그런데 그동안 그럭저럭 구입한 책을 버리지 못하다 보니 소장하고 있는 책이 제법 있는 편이고, 이 책들이 많은 공간을 차지하고 있어 매우 불편합니다. 독서가 가져온 부산물이요, 불편함입니다.

게다가 책을 덜 읽는 편인 요즈음도 월 3~4권은 구입하는 편이라 좁은 공간에 저장하는 것도 쉽지 않을 뿐 아니라, 이제 나이의 연한도 차고, 몸의 기능도 하현(下弦)달로 기울었고, 불교에서 말하는 방하착(放下着)의 삶을 살아가야 할 때가 되었으니 모든 것에 애착과 집착을 버리고 내려놓는 삶을 살아가야지 하는 생각에 책을 과감하게 버리기로 결심을 했습니다.

책이란 원래 다른 물건과는 다르게 버리기에는 아까운 생각이 들고 애착도 가지만, 내가 처리하지 못하고 떠난다면, 이 Speed 시대에, e-book 시대에 그리고 SNS 시대에 자식이나 손녀들이 읽을 것 같지도 않고 쓸데없이 공간만 차지하는 애물단지로 전락해가는 것 같아 주변정리의 차원으로 책을 몇 권만 남기고 버리기로 마음을 먹고 있지만 아직도 실행에 옮기지 못하고 있습니다. 대부분 글씨가 작아 읽을 수 없는 책을 버리려

하다가 아까운 생각에 도루 책장으로 원대 복귀를 시켰습니다.

나는 책에 밑줄을 그어가며 읽기 때문에 어느 단체에 기부하지도 못합니다. 가족들한테 면목이 서지를 않습니다.

하루에도 몇 번씩 버려야지 버려야지 하면서도 버리지 못하고 오히려 욕심이 나는 책에 대한 정보를 얻으면 즉시 서점으로 또 달려갑니다.

모든 좋은 일에는 그에 상응하는 대가가 따르듯이 독서의 유익함을 향유하는 대가로 책이 계속 쌓여 마치 계륵 같은 존재로 변하고 있는, 이런 어려움을 감수해야 하나 봅니다.

자녀들에게 책까지 치워야 하는 짐을 지워주기 전에 정리해야지 하면서도 아직까지 버리지 못하고 있는 마음은 편치가 않습니다. 내일, 내일이 몇 달이 되고 몇 년이 되어갑니다. 버리면 해결은 됩니다.

돕는 배필

고속버스터미널 맞은편에는 동일한 형태의 4층 건물이 연이어 서 있습니다. 어떤 건물에는 옥상으로부터 긴 줄이 늘여져 있고 그 줄에는 서너 개의 깡통이 매달려 있습니다.

평상시 무엇에 쓰려는 것일까 의구심이 들었는데 며칠 전에야 그 사용처를 알게 되었습니다.

아침 일찍 건물 관리원으로 보이는 분이 줄을 잡고 흔들어 대자 깡통에서 요란한 소리가 나고, 이내 창틀과 간판 밑에서 쉬고 있던 비둘기 십여 마리가 일제히 달아납니다. 이 줄은 바로 비둘기 퇴치 장비(?)였습니다.

비둘기들의 안식처가 수난을 당하는 것입니다. 옆 건물을 유심히 살펴보니 그곳의 창틀과 간판 밑에도 비둘기들이 많이 앉아 있었습니다.

지금까지 광장의 비둘기를 많이 보면서도 비둘기들의 안식처에 대해서는 한번도 생각해보지 못했습니다. 유심히 살펴보니 상당수의 비둘기들이 둥지가 아닌 건물의 창틀이나 간판 위에, 옆에, 아래에서 추운 겨울을 나고 있었던 것 같습니다. 비 오는 날도 그곳에 머무르고 있습니다. 비둘기 둥지는 어디에 있는지 새삼 그들이 안타깝다는 생각이 들었습니다.

월계수를 입에 물고 있는 비둘기는 평화의 상징으로 알려지고 있습니다. 한때는 올림픽 개막식에서 평화를 뜻하는 의미로 많은 비둘기를 날려 보내는 장면을 볼 수 있었습니다. 그럴 때마다 저 많은 비둘기를 어떻게 모았을까 하는, 분위기에 어울리지 않는 엉뚱한 의문을 가지기도 했습니다.

비둘기는 인류 역사상 모든 생물 중 최초로 이름이 불려진 동물입니다. BC 1400여 년경에 모세가 기록한 노아의 홍수 때에 역사 최초로 비둘기 이름이 나옵니다.

다음은 노아의 홍수와 비둘기에 관한 기록입니다.

온 세상이 죄악으로 물들자 하나님은 앞으로 큰비를 내려 죄악된 세상의 모든 것을 다 쓸어버리겠다고 하시며 노아에게 큰 방주를 만들어 세상의 모든 동물들 암수 일곱 쌍과 날짐승 일곱 쌍씩 방주에 실어 씨를 보존케 하라고 말씀하셨습니다.

노아는 방주를 만들고 하나님 말씀대로 순종을 했습니다.

40일 40야 큰비가 내리고 창수가 터져 온 세상이 물에 잠겼습니다. 세상은 모두 150일 동안이나 물에 잠겼다가 물이 드러나기 시작했고, 방주는 아라랏 산(터키로 추정) 중턱에 걸려앉았습니다.

약 40일 후에 물이 얼마나 빠졌나, 비둘기를 내보냈으나 앉을 곳을 찾지 못해 방주로 돌아왔습니다.

7일 후 비둘기를 또 날려 내보내 보았는데 이번에는 올리브 잎을 물고 돌아왔습니다. 물이 많이 줄어 나뭇잎들이 물 위로 나와있다는 증거입니다.

7일 후 다시 비둘기를 내보내 보았으나 다시는 돌아오지 않았습니다. 세상에 물이 다 말랐다는 뜻입니다.

나뭇잎을 입에 물고 돌아옴으로, 나무가 보일 정도로 땅의 물이 말랐다는 기쁜 소식을 처음 전한 새가 바로 비둘기입니다. 이때부터 올리브 잎을 물고 돌아온 비둘기는 기쁜 소식을 전하는 평화의 상징으로 인식되었나 봅니다.

고대로부터 비둘기는 인간과 매우 친숙한 관계를 맺어온 것 같습니다. 그래서 그런지 반려동물을 제외한 모든 종류의 조류 중 제일 인간을 무서워하지 않는 새가 비둘기입니다. 사람이 2~3미터까지 접근해도 좀처럼 피하지 않습니다.

외관상으로, 유럽 선진국을 대표하는 것이 무엇이라고 생각하느냐라는 질문을 받는다면 나는 서슴없이 중세의 견고한 성(城)과 광장과 비둘기들이라고 말할 수 있습니다. 그만큼 비둘기들을 많이 볼 수 있는 곳이 유럽입니다.

이 평화의 사도들은 올리브 잎을 물어다 주었던 조상의 음덕을 입어서 인가 민주주의를 논하기 위해 아고라 광장을 차지했던 아테네 시민들만큼이나, 견제세력 없이 독점권을 가지고 모든 광장을 다 차지하고 있습니다.

그중에서 베니스의 산마르크 광장과 D국의 시청 앞 광장의 비둘기가 내게는 가장 기억에 남습니다. 광장에 사람이 나타나면 먹이를 주는 줄 알고 6·25전쟁 때 B29 폭격기들처럼 새까맣게 몰려듭니다.

나는 비둘기들의 배설물 폭탄이 떨어질까, 전전긍긍하는데 외국인 관광객들은 전혀 개의치 않고 과자를 던져주기도 하고 팔을 뻗어 유인해보기도 합니다.

비둘기 모습을 유심히 살펴보면 우리나라 비둘기와는 판이하게 다른 점을 발견할 수 있습니다.

우리 민족이, 우리 것이 좋다는 부족적 이기주의의 편견이 작동하는지는 모르겠으나, 내 눈에 비친 우리나라 비둘기는 날씬하고 색갈도 아주 고운 연회색을 띠고 있는 반면, 그곳의 비둘기는 뒤뚱대고 걷는, 체형도 클 뿐 아니라, 누가 페인트 통을 덮어씌운 것처럼 꺼멓고, 푸르딩딩하고, 칙칙한 색상을 가지고 있는 별로 예쁜 모습은 아니었습니다.

요즈음은 우리나라 비둘기 중에도, 연회색의 아름다운 색상은 그대로인데, 경제강국에 걸맞게 섭생을 잘해서 그러한지 체형이 서구화된 비둘기들이 있습니다. 신장도 약간 커지고 체중이 조금 불은 것 같습니다.

근래에는 접근성에 제한을 받는지, 아니면 매력적인 장소가 되지 못해서 그런지, 광장에서 볼 수 있는 비둘기 수가 많이 줄어든 것 같고, 시대의 흐름 탓인가 비둘기 사회에도 변화가 보이는 것 같습니다.

이혼한 비둘기가 많아서인지, 수명이 늘어남에 따라 배필과 사별한 비둘기가 많아서인지, 너 따로 나 따로 즐기는 풍조가 있어서인지 쌍쌍이 아니고 홀로인 비둘기 수가 많이 늘어난 것 같습니다. 다른 새와는 달리 비둘기가 홀로 다니는 모습은 매우 쓸쓸해보입니다.

눈앞에서 비둘기 두 마리가 열심히 먹이를 쪼아 먹고 있습니다. 내 눈에는 아무것도 보이지 않는데, 비둘기 눈에는 현미경이 달려있는 것 같습니다.

주차장에서 먹이를 쪼으며 걸어가는 비둘기 한쌍 중, 한쪽 비둘기의 모습이 이상해서 자세히 보니 한쪽 발의 발가락 하나가 없어서 약간 절뚝이며 걷고 있었고, 남편인지 아내인지 모르지만 옆의 비둘기가 가까이서 돌보고 있는 것 같았습니다.

여기에서 어느 편이 남편이고 어느 쪽이 아내인지는 중요하지 않습니다. 어떤 경우라도 똑같이 서로 헌신적으로 사랑을 베풀어야 하기 때문입니다.

자세히 보니 발가락이 온전한 비둘기는 다른 비둘기의 발가락 하나가 없는 쪽에서, 비둘기가 넘어지는 것을 방지하려는 듯, 몸으로 비둘기를 받치며 걸어갑니다. 마치 다친 발 쪽에 목발을 짚는 것 같은 역할을 합니다. 어떻게 그런지 은혜를 얻었을까요. 너무나 감동적인 모습이고 애처로운 모습입니다.

돕는 비둘기가 숭고해보이기까지 합니다. 비둘기는 원앙새와 더불어 부부 금실이 가장 좋은 조류 중 하나로 알려져 있습니다.

사람 마음이 본래 그런 건지, 아니면 내 마음만이 그런 것인지는 몰라도, 평소 사이가 데면데면한 부부가 서로 돕는 모습을 보면 그저 그런가 보다 하는데 금술이 좋은 부부 사이에서 한편이 아프거나 또는 정상적이 아닐때, 돕는 배필을 보면 가슴이 찡합니다. 자동차 경적 소리 때문에 날라가기 전까지 아름다운 그 모습을 한참 동안 지켜보았습니다.

발가락에 무좀이 생겨, 스스로 잘라내지는 않았을 것이고, 인간이 만든 어떤 날카로운 것에 발가락이 잘린 것은 아닐까? 생각을 해보지만 쉽게 상상이 가지는 않습니다.
발가락이 짤릴 당시, 배필의 마음은 얼마나 고통스러웠을까를 생각하니 애처로운 마음이 더 일어납니다.

부부의 사랑만큼 아름답고 헌신적인 사랑은 없을 것 같습니다. 미물이라도 배필 간의 헌신적 사랑은 만물의 영장이라는 사람보다 못하지 않아 보입니다.

절뚝이는 배필을 돕다가 자신이 차에 희생당할지도 모르는 위험을 무릅쓰고 옆에 바짝 붙어서 돕고 있는 비둘기 한 마리의 모습이, 평소 아내에 대한 내 모습을 뒤돌아보게 하고 부끄럽게 만듭니다.

발가락 잘린 비둘기를 보다가, 문득 발톱무좀 때문에 종합병원에 갔던 일이 떠올랐습니다. 발톱이 시커멓게 변하여 빠질 것 같아 보이자, 당뇨 있는 사람은 발 관리가 중요하다며 빨리 큰 병원에 가보라는 아내의 등채질에 병원을 다녀온 일이 있습니다.

내려놓기

오랫동안 잊고 있던 물건이 필요해서 찾다 보니 불필요한 물건들을 너무 많이 소유하고 있었습니다.

조금씩 여유 있게 처방해온 약이 상상외로 많이 쌓여 있었습니다.

몇 년 동안 입지 않은 오래된 옷, 언제 어느 전화기에 사용했는지도 기억이 나지 않는 어댑터(adaptor), 오래된 여러 종류의 TV 조정기, 고장 난 혈압기와 알지 못할 기기의 매뉴얼들, 출장 시 선물용으로 구입한 40년이 넘은 볼펜과 샤프펜슬 세트, 고장 난 시계, 카메라, 한물간 슬라이드 프로젝트, 처음 출시된 비디오카메라와 묵직한 배터리 등 그야말로 황학동 풍물시장에서나 볼 수 있을 것 같은 쓰레기들로 공간이란 공간은 모두 꽉 차 있었습니다.

법정스님은 《무소유》라는 책에서, 소유가 가져오는 불편함에 대해 다음과 같이 말을 했습니다.

우리는 필요에 의해서 물건을 갖게 되지만 그 물건 때문에 적잖이 마음이 쓰이게 된다.

그러니까 무엇인가를 갖는다는 것은 다른 한편 무엇인가에 얽매인다는 뜻이다.

많이 갖고 있다는 것은 흔히 자랑거리가 되지만 그만큼 많이 얽매여있다는 측면도 동시에 가지고 있다.

1970년대 제법 유행했던 아사히 펜탁스 아날로그 카메라, 애착이 가는 물건 중 하나로 카메라 병원에 가서 수리를 해야지 하면서도 아직 고장 난 채로 있고, 처음 비디오카메라가 시중에 나왔을 때 아이들을 위해 그랜드캐년 여행을 촬영했던 VHD 테이프를 새롭게 DVD로 변환시킨다고 하면서도 그대로인 상태로 있어 항상 내 마음을 무겁게 하고 있습니다. 말하자면 내가 그것들에 얽매이고 있다는 뜻입니다.

얼마 전, 한 할아버지가 방 안까지 가득 찬 쓰레기 더미 속에서 살고 있다는 뉴스를 본 적이 있습니다. 지금 내용을 정확히 기억을 못 하지만 그 노인은 쓰레기에 대해 어떤 강한 집착을 가지고 있었다는 이야기를 들었습니다.

인간의 삶이란 쓰레기를 축적하는 과정이 아닌가 싶을 정도로 살아가면서 쌓이는 것은 쓰레기뿐인 것 같습니다.

정신적인 것이면 우리 머리속에, 물질적인 것이면 주위의 물리적 공간에, 정체된 채로 너무 오래 머물러 있으면서 새로운 역할을 하지 못하면 그것들은 쓰레기 취급을 받습니다. 그런데도 사람들은 그 쓰레기에 일말의 애착이 가는지 좀처럼 버리지 못합니다.

동물들은 쓰레기를 남기지 않는 데 비해 인간은 쓰레기를 잘도 만들어냅니다. 어쩌면 이것이 동물과 인간의 다른 점일지도 모르겠습니다. 자연세계에서 그 많은 동물들은 쓰레기를 남기지 않습니다.

인간들은 거대한 건물을 순식간에 쓰레기 더미로 만듭니다. 9·11 테러로 무너진 뉴욕 쌍둥이빌딩이 그 일례입니다.

서울 테헤란로에 있는 포스코 본사는 반대로 고철 덩어리 쓰레기를 조각 예술품으로 승화시켜 사옥 앞에 전시하고 있습니다. 어찌 보면 생필품이나, 예술품은 쓰레기와 종이 한 장 차이가 아닌가 생각이 들 때도 있습니다.

소유가 많아지니 법정스님의 말씀처럼 소유물의 노예가 되는 것 같기도 해서 우선 책부터 정리하기로 하였습니다.

쌓여있는 책을 보면서 만일 이사를 다닐 때마다 조금씩이라도 버리지 않았다면 나도 책 쓰레기 더미 속에서 살지는 않았을까 하는 생각이 들기도 하였습니다.

버릴 책을 골라내기 시작했습니다. 제일의 대상은 글씨가 작아 더 이상

보기 힘든 책이고, 다음은 별로 감동 깊게 읽지 못한 수필, 그다음은 이미 철이 지난 경제 또는 국제 정세, 그다음은 이미 퇴물이 된 건강 상식 등으로 진행하다 보니 버려도 될 책이 전체의 약 1/5 정도가 되었습니다.

정말 버려도 되는지 제2차 확인 작업에 들어갔습니다.

이 책은 글씨가 작아도 명저로 꼽히는 귀한 책인데, 이 책은 절판이 되어 구하기 힘든 책인데, 이 책은 ○○한테 선물로 받은 책인데, 이 책은 그 시대의 시대상을 나타내고 있는데, 이 책은~, 이 책은~ 하면서 도로 책장으로 챙겨 넣다 보니 정작 버릴 책은 몇십 권밖에 안 되니 버린다는 행위는 도로아미타불이 되고 말았습니다.

옷을 정리하기 시작했습니다. 두꺼운 오리털 방한복, 유행지난 신사복, 티셔츠, 봄 여름 잠바 등등 정말 너무 많은데다 옷의 특성상 공간을 많이 차지하고 있던 터라 이것만 버려도 집 안이 정리되는 것 같은 마음이 들었습니다.

그런데 아내가 끼어들어 "왜 버려요. 이것은 어느 선교단체에 보내고 이옷은 ○○○ 선교사에게, 이것은 ○○○ 선교사에게 보내면 되겠어요."라고 하면서 도로 집어넣습니다.

운동화를 선별하여 버리려고 하다가 이번엔 내 자신이, 이것은 비 올 때 신으면 좋고, 이것은 가벼워 좋고, 겨울엔 이 운동화가 좋은데 하며 도로 집어넣습니다.

결국 물건에 대한 집착이고 내 마음은 이미 그것에 얽매여있다는 증거입니다. 버리려고 선별해놓기만 해도 몸과 마음이 깨끗해지고 가벼워진 느낌이더니 도로 챙겨놓으니 몸과 마음이 다시 찌뿌둥하고 무거워지며 소유라는 탐욕의 망령에 사로잡힌 느낌이 듭니다.

한두 벌 옷만 있을 때는 외출 시 그렇게도 편하던 것이, 옷 종류가 많아지니 어느 것을 입어야 할지 선택의 고민이 따릅니다.

여성의 경우 "똑같은 옷을 입고 나갈 수도 없고 입을 옷이 하나도 없네."라고 하는, 선택의 고민이 이해가 되기도 합니다.

가만히 주위를 둘러보며 저건 좀 버렸으면 좋으련만 하는 것은 모두 아내 소유물입니다. 나의 집착은 버리지 못하고 다른 사람이 가지고 있는 집착만은 버리기를 바라는 이기적인 생각에 부끄러운 마음이 듭니다.

아름다운 노년, 행복한 노년의 필수적인 조건 중 빠지지 않고 언급되는 것이 내려놓는 삶입니다. 물질적인 것뿐만 아니라 정신적인 잘못된 욕망도 내려놓아야 합니다.

그런데 물질적인 것을 내려놓는 것보다 정신적인 것, 평소에 습관적으로 늘 추구해왔던 사고방식들을 버린다는 것이 훨씬 어려운 문제인 것 같습니다.

인생 여정 끝낼 때 미련 없이 수월하게 떠나기 위해 이제 불필요한 것은 정신적인 것이든, 물질적인 것이든 모두 버리고 주변을 정리해야 한다는 것을 알고는 있습니다.

세월이 주는 선물

백발은 영화의 면류관이요, 늙은이의 아름다운 것은 백발이라고 성경은 말하고 있습니다.

"아무에게도 부담을 지우지 않는 노년이 아름다운 노년이다."라고 아리스토텔레스는 말했습니다.

그러나 때로는 노인들이 패러독스와 자기연민의 페이소스를 섞어 "넌 늙어 봤냐? 난 젊어 봤다."라는 우스갯소리로 늙어감의 아쉬운 마음을 토로하기도 합니다.

괴테의 말대로 노년이란 많은 것을 잃는 상실의 시간입니다. 그러나 상실감, 노화로 오는 질병의 고통, 거동의 불편함, 외로움 등을 노래하다 보면 점점 더 노년의 삶이 고달퍼집니다. 반면에 세월이 주는 선물을 노래하다 보면 노년의 삶도 행복해질 수 있습니다.

원균을 원망하며 없어진 배를 슬퍼하기보다는 신에게는 아직 12척의 배가 있다고 노래한 이순신의 태도를 취하는 게 더 현명한 일이라 생각을 해봅니다.

세월은 우리에게 많은 선물을 가져다줍니다.

노인에게 위안을 주기 위해 그냥 형식상 큰 의미 없이, 으레 하는 형용구 정도로 치부할 사항이 아니라는 것을 늙어 보니 알겠습니다.

나이가 들면서 머리에는 살구꽃이 피고 눈은 어두워지고 청력은 떨어지고, 미각도 떨어지고 거동도 점점 불편해집니다. 구석구석 아픈 데가 많이 생깁니다.

그러나 백발은 노인이 아니고 어른이 되었다는 징표이고, 눈이 어두워지는 것은 마음으로 보라는 뜻이고, 청력의 저하는 내면의 소리에 귀를 기울이라는 뜻이고, 미각의 저하는 식탐에서 벗어나라는 뜻이고, 거동이 불편한 것은 육체적 활동은 줄이고 사색의 시간을 많이 가지라는 뜻이고, 아픔은 단련하여 정금같이 되라는 뜻이라고 생각합니다.

인생은 해석입니다. 하나님은 우리에게 해석할 수 있는 지혜를 주셨습니다.

골리앗이 이스라엘 군대 앞에 나타났을 때 병사들은 모두 "저렇게 거대한 자를 어떻게 이길 수 있지?"라고 했습니다. 그러나 다윗은 "음, 저렇게 크니 물매 돌로 빗맞힐 일은 없겠다."라고 말했습니다.

세월이 흐름에 따라 육체적 활동영역은 점점 줄어드는 대신, 정신적 활동영역은 자기관리 즉 단련에 따라 계속 확장 또는 강화시킬 수 있습니다.

옛 선조들도 나이를 먹으면서 오는 육체적 노화는 피할 길이 없지만 정
신적 활동은 소멸되지 않음을 노래했습니다.

뉘라서 날 늙다헌고

뉘라서 날 늙다헌고 늙은이도 이러한가
꽃 보면 반갑고 잔 잡으면 웃음 난다
춘풍에 휘날리는 백발이야 낸들 어이하리오
- 이중집 -

세월이 준 선물 중 가장 특별한 선물은 사색입니다. 나이가 들수록 사
색의 시간을 많이 가질 수 있는 축복이 있습니다.

사색이란 하나님께서, 영원한 나라에 들어가기 전에 조금이라도 완숙
한 인간이 될 수 있도록, 늘그막의 인간에게 주신 최고의 선물입니다.

그동안의 삶을 반추해보면서 앞으로는 어떤 삶을 살아야 할지, 어떤 삶
을 사는 것이 바람직하고 가치 있는 삶일지, 아내와 가족과 친지 들과의
관계를 어떻게 새롭게 설정을 해야 하는지, 사색의 범위를 무한대로 펼칠
수가 있습니다.

젊었을 시절에는 무심코 넘겼던 사물의 내면을 보게 됩니다. 생텍쥐페

리의 《어린 왕자》에는 다음과 같은 말이 나옵니다.

중요한 것은 눈으로 볼 수 없고 마음으로만 볼 수 있고 별들이 아름다운 건 눈에 보이지 않는 꽃 한송이 때문이고 사막이 아름다운 건 그곳 어디엔가 우물이 감추어져 있기 때문이다.

나이가 드니 젊었을 때는 미처 보지 못했던 꽃 한 송이의 의미와 사막의 우물을 볼 수 있는 혜안이 생깁니다. 지금까지 한번도 생각해보지 못한 철학적인 눈으로 세상을 볼 수 있게 됐습니다.

조바심을 낸다고 빨리 갈 것도 아니고 느긋하게 기다리면서 여유를 즐길 수도 있습니다. 불편하고 아픈 곳보다 건강한 곳이 더 많으니 축복이라고 감사하며 살 수도 있습니다.

고대로부터 노년을 황혼에 비유해왔습니다. 자신의 마지막을 불태워 그 여명으로 저녁노을을 붉게 물들이는 황혼은, 새벽 출몰 시에 나타나는 빛에 비해 더없이 곱고 아름답습니다.

노년도 이와 같이 자신의 마지막을 아름다운 단풍처럼 붉게 물들여 사람들에게 기쁨을 줄 수 있습니다.

노년은 수확의 계절입니다. 대단하지도, 크게 빛나지도 않지만 자신이 그동안 뿌린 씨의 여러 가지 결실도 보면서 자신의 분신이요 수확인 손자녀들의 성장과정을 지켜보는 흐뭇한 축복의 시간입니다.

노인에 대한 유대인의 속담 중 "노년기란 무지한 자에게는 겨울이지만 현자에게는 수확기다."라는 말이 있습니다. 나는 현자는 못 되지만 종교의 힘으로 노년을 축복받은 수확기로 생각을 합니다.

'어떻게 지내세요?'라는 일상의 인사말에 미국 사람들은 굿(Good), 또는 더 이상 좋을 수가 없네요(Couldn't be better)라고 말하기도 합니다. 늙어 보니 이보다 더 좋을 수가 없습니다.

나이에 구애받지 않고, 오랫동안 같이 살아주었다는 공로를 은근히 내세워 어느새 맞먹는 친구의 반열에 올라선 아내와의 반어법적 농담의 유희가 그렇게 좋을 수가 없습니다.

논어 위정(爲政)편에서 공자님은 "칠십이종심소욕, 불유구(七十而從心所欲, 不踰矩), 즉 나이 칠십이 되니 법이 허용하는 범위 내에서 내 마음대로 살게 되었다."라고 말씀했습니다.

살아오면서 인습이 만들어낸 불필요한 많은 관습과 규범, 위선의 두루

마기와 속박의 사슬을 벗어던질 수가 있습니다. 이제는 법이 허용하는 범위 내에서 무슨 짓을 해도 부끄럽지 않고 편안한 나이가 되었습니다.

걷다가 힘들면 적당한 아무 곳에서나 앉아 쉴 수 있습니다. 더 이상 가진 척, 배운 척, 고상한 척하면서 남의 눈치를 살필 필요도 없이 편한 대로 살 수 있습니다.

구속된 삶에서 벗어난 자유로운 삶이 더없이 좋습니다. 시간에 구애받지 않고 무시로 먹고 싶으면 먹고, 싫으면 굶고, 자고 싶으면 자고, 일어나기 싫으면 계속 자고, 도심에서도 얼마든지 즐길 수 있는 꽃, 단풍 구경도 하고 싶으면 하고, 전공과 관계없이 그동안 하고 싶었던 역사 공부도 하고, 심심하면 족보를 뒤지며 소원했던 인척 관계를 짚어 보기도 합니다. 이 광대한 자유를 늙지 않고 맛볼 수가 있겠습니까?

어느 복잡한 전철역에서 종종 길을 안내하는 노인을 볼 수가 있습니다. 자유입니다. 동네나 지역의 역사 안내자나 관광 안내자 노릇을 할 수도 있고, 토론회나 독서회 자선 단체 등 작은 모임을 만들어 사회에 봉사할 수도 있습니다.

5년 후, 10년 후만 미래가 아닙니다. 내일이 바로 미래입니다. 노년이지만 아직도 그 무엇을 생각하고 준비하고 실천할 수 있는 내일이 있습니다.

진부한 이야기일지는 모르겠지만 인생에 있어서 얼마나 오래 사는가보다 중요한 것은 나이가 들어가면서 그 순간순간마다 소중한 것들을 얼마나 누리며 살아가는 게 더 의미가 있지 않을까 생각을 합니다.

조용히 자신의 내면을 들여다보고, 독서 삼매경에 빠질 수도 있고, 고요히 사색에 잠길 수도 있고, 종교와는 무관하게 생각나는 사람에게 축복의 기도를 해줄 수도 있고, 옆에 같이 있어주는 사람에게 무한한 사랑과 감사를 보낼 수도 있습니다.

사후세계는 있는가? 있다면 어떠한 세계일까? 생각해볼 수도 있습니다. 영혼이 성숙해지는 노년이야말로 신이 인간에게만 허락한 최고의 선물이 아닐까 생각합니다.

기피하지 않고 거부감 없이 죽음을 진지하게 생각할 수도 있습니다. 매일매일의 삶을 기적으로 느끼고 감사하는 삶을 살게 됩니다.

자신을 불태워 아름다운 단풍으로 변해서 사람들에게 즐거움을 선사하고 새 생명의 가지를 탄생시키기 위해 자신을 내려놓는 단풍처럼, 자신의 삶을 아름답게 물들여 사람들에게 기쁨을 준 후에 조용히 떠나는 노년의 삶은 세월이 주는 선물입니다.

습관적 판단과 측은지심(惻隱之心)

사람들에게는 관심이 가는, 어떤 대상을 만나거나 어떤 사건을 접하는 순간 무의식적으로 그 대상을 평가하는 본성이 있는 듯합니다.

우리는 하루에도 수많은 사람들과 스치고 지나가면서도 무심히 지나치는 경우가 대부분이지만 어떤 경우는 짧은 순간에도 유독 눈길이 가고 관심이 가는 경우가 있습니다.

그런 경우 순간적으로 상대방으로부터 받은 인상을 가지고 무의식중에 자기의 주관적 잣대로 상대방을 판단하곤 합니다.

처음 보는 사람을 판단해야 하는 경우는 그 사람의 신체조건, 얼굴의 생김새, 옷차림 등 외모만이 판단요소가 되기 때문에 판단자의 주관적 잣대가 판단의 기준이 될 수밖에 없습니다. 이런 경우, 평상시에 판단자가 어떤 특정 분야에 대한 편견을 가지고 있다면 그 판단은 옳은 판단이 될 수 없을 것임은 자명합니다.

따라서 객관적 판단자료가 부족할 경우는 우선 상대방을 선한 방향으로 판단하는 것이 바람직하다는 생이며 그래야만 후일 후회하는 일이 적을 것이라는 생각이 듭니다.

어느 목사님의 글을 읽은 후부터 도움(구걸)을 청하며 내미는 손길을 외면하지 않습니다. 외면하지 않는다고는 하지만, 부끄럽게도 천원짜리 한 장의 비외면이 대부분입니다.

하지만 너무 정기적으로 자주 보는 전문적 구걸자에게는 그것마저 외면할 때가 있기도 합니다.

이런 측은지심이 없는 습관적 행위 때문에 괴로움을 겪은 일이 여러 번 있습니다. 대학병원 가까이에 있는 지하철역으로 내려가는 계단에 50대로 보이는 아주머니가 "도와주세요. 남편이 암이래요. 수술을 받아야 한대요. 강원도에서 왔어요."라는 푯말을 들고, 앞에 신문을 펴놓고 도움을 청하고 있었습니다.

늘 하는 습관대로 무심히 천원짜리 한 장을 놓고 지나쳤습니다. 그런데 이상하게도 계속 그 아주머니의 모습이 머리에서 떠나질 않습니다. 생각을 해보니 얼굴에는 수심이 가득 차 보였고 너무 급한 나머지 돈도 제대로 챙기지 못하고 집(강원도)을 떠나온 것 같은 모습이었습니다. 순간 내가 잘못했구나 전문적 구걸인 같아 보이지도 않았고, 정말 절실한 도움이 필요한 사람인 것 같은데 천원짜리 한 장이라니 하는 생각에 급히 되돌아서 가보니 그분은 이미 거기에 없었습니다.

겨우 돈 천원을 내미는 습관적 행위로 그분에게 한없는 부끄러움과 심한 자존심에 상처를 준 것 같은 생각에 지금도 심한 자괴감을 느끼고 있습니다. 순간적으로 잘못 판단하는 우를 범한 것 같습니다.

지하철을 타고 가던 중 한 30대 중반의 여인이 어린애를 등에 업고, 작은 바구니를 내밀며 도움을 청했습니다. 나는 또 습관대로 예의 천원짜리 한 장 행위가 발동했습니다. 천원을 받아든 그 여인이 다음 칸으로 사라진 후에야 나는 급히 일어나 그 여인을 찾기 시작했습니다.

어떠한 사정이 있기에, 얼마나 절박했으면, 챙피하기도하고, 자존심이 허락하지 않을 한창인 나이에 어린애를 업고 도움을 청하러 나섰을까? 너무 가여운 생각이 들었습니다. 사랑의 마음이 아닌 습관성 동정의 천원이라니, 후회의 마음에 그 여인을 계속 찾아보았으나 행방이 묘연했습니다. 아마도 전철을 내린 것 같았습니다.

순간의 무심하고 적절치 못한 판단을 내린 내 행위가 너무나 한심하고 실망스럽고, 부끄럽고 후회스럽습니다. 그때 생각을 하면 지금도 마음이 편치가 않습니다.

서초구 구립 도서관 버스 정류장 앞에서 있었던 일입니다.

오전 11시쯤, 버스를 기다리고 있는데 17~18세 정도 되는 여자아이가 다가와 "나 돈 좀 주세요. 집에 갈 차비도 없고, 아침도 못 먹었어요. 배고파 죽겠어요." 합니다. 존대어를 쓰는데도 어딘가 약간 정상적이지 않다는 느낌은 받았지만 그 모습은 너무 티 없이 맑고 순진해보였고 정말 배가 고픈 것이 역력해보였습니다.

순간적으로 어떤 연유로 차비도 없이 여기서 헤매고 있을까, 얼마나 배가 고플까, 부모님은 알고 계실까, 여러 가지 사유를 상상해가며 만원을 주었습니다.

돈을 받은 소녀는 "이 돈 다?"라고 하며 나를 바라봅니다. "그래!"라고 하니까 머리를 숙여 인사를 한 다음 음식점이 있는 반대쪽으로 급히 길을 건너갑니다.

길을 건너자마자 켄터키 치킨 집 앞에 서서 가격표를 유심히 보더니 이내 옆에 있는 만두집으로 들어갑니다. 켄터키 치킨이 먹고 싶었나 봅니다. 만원 가지고는 먹을 수가 없습니다.

빨리 쫓아가서 사연도 들어보고 적절한 도움을 주어야겠다고 생각을 하다가 버스를 타고 말았습니다. 이번 경우에는 후회하는 마음이 결코 가볍지가 않습니다.

지금도 이 정류장을 이용할 때면 자꾸 그 소녀가 생각이 나서 마음이 편치가 않습니다. 그 소녀와 내 손녀 얼굴이 오버랩되어 떠오릅니다.

아무 때나, 언제나, 남을 도울 수 있는 기회가 오는 것이 아니라는 것을 알면서도 도움을 주지 못하는 내 마음에는 큰 후회와 부끄러움이 밀려듭니다. 그들을 외적 행위로만 판단했지 그 행위 뒤에 있을 수 있는 아픈 상태를 한번쯤 생각해보지도 못한 습관적 판단 때문입니다.

내가 판단을 받은 경우도 있습니다. 나는 길을 지나가다가 쇼윈도에 아내에게 어울릴 것 같은 옷이 보이면 일단 들어가 살펴본 후 구매를 합니다.

한번은 어느 여성 옷가게의 마네킹이 입고 있는 옷이 너무 멋이 있어 문을 열고 들어가서 옷을 자세히 살펴보려고 하는데 여성 점원이 "할아버지, 여기는 여자 옷을 파는 곳이에요."라고 짜증 섞인 소리로 크게 말을 했습니다. 그 순간은 언짢은 마음이 들기도 했지만 이내 평정심을 되찾고 "그래요. 이 옷 내가 입으면 좋겠는데."라고 하며 나와버렸습니다.

고토몰에서 있던 일입니다. 지나가다 보니 아내에게 어울릴 것같은 예쁜 구두가 있어 살펴보려는데 50대 중반으로 보이는 점원 아주머니가 "여기는 여성용 구두만 파는 곳이에요." 한다. "알아요." 하면 그분이 오히려 미안해할 것 같아 "이 구두 225 사이즈 있어요." 하니 없다고 한다. 여자 신발 사러온 거라는 사실을 간접적으로 표현한 것입니다. 사실 225 사이즈는 흔치가 않습니다.

어떤 모습으로 보였기에 남자 옷과 여자 옷을 구별도 못 하고, 남자 신발과 여자 신발도 구별 못 하는 사람으로 비쳤을까? 순간적으로 언짢은 마음이 들었지만, 그동안 아내에게 선물을 사주려는 남성들을 본 적이 없어서 할아버지인 내가 들어서는 것이 이상하게 보였을 수도 있지 않을까 스스로 위로를 한 적이 있습니다.

한 식당에 들어서면서 우연히 구석에 앉아있는 손님 한분과 잠깐 동안 시선이 마주쳤습니다. 작업복에 흰 페인트가 묻은 작업화를 신고 있는 것으로 보아 그분은 근처 작업장에서 일하는 분일 것이라는 생각이 순간적으로 들었습니다.

목디스크 통증의 완화를 바라는 간절한 기도를 한 후 식사를 하고 계산을 하려고 하는데 "식사비를 냈는데요."라고 식당 주인이 말을 했습니다. 음식값을 대신 내준 분이 바로 그 손님이라는 소리를 듣고 감사의 인사를 하려고 그곳 주위를 돌아보았지만에 그분은 보이지 않았습니다. 측은지심으로 나를 보았을지도 모릅니다.

어느 날 식사를 하고 나오는데(이때도 어떤 연유가 있어 간절한 식사기도를 했습니다.) 주인이 식사비를 받지 않겠다고 끝까지 버티는 바람에 식사비를 내지 못했습니다. 나는 어찌된 일인지 수시로 다른 사람들로부터 과자나 과일 등 먹을 것을 종종 받았습니다.

어느 날은 집 근처에 거의 다 왔는데, 제법 큰비가 내렸습니다. 속수무

책으로 비를 맞고 가는데 "할아버지 이 우산 같이 쓰고 가세요."라는 말과 함께 여학생이 그러지 않아도 된다고 사양하는 나의 말에도 끝까지 나에게 우산을 씌워주고 학생은 비를 흠뻑 맞으면서 집까지 동행을 해주었습니다.

이런 종류의 도움을 하도 많이 받아 어느 날 며느리한테 이야기를 하니 "아버지가 불쌍해보여서 그래요. 내가 염색을 해드릴께요." 웃으며 말을 건넨다. 나는 염색을 하지 않고 백발인 채로 다니고 있습니다.

측은지심((惻隱之心) 즉 남을 불쌍히 생각하는 마음이 충만한 사회에 산다는 것은 큰 축복입니다.

생각나는 사람들

백의의 천사

대화 한번 나누어 보지 못한 채 스쳐 지나간 얼굴인데도 생각이 나는 분들이 있습니다. 생각이 난다는 것은 잊혀지지 않는 그리움이고 그리움은 축복이라고 합니다.

간호사님 한 분이 생각이 나곤 합니다. 1961년 공군으로, 당시 대구비행장에 있던 항공본창에서 복무하고 있을 때입니다. 농구경기를 하던 중 눈이 찢어지는 부상을 입고 침대에 누워 군병원 수술실로 들어가는데 흰 가운을 입은 간호사가 기도를 해주었습니다. 기억이 확실치는 않으나 수술을 잘 받고 군대생활 잘 마치도록 해줍시사 하는 내용의 기도였던 것 같습니다.

아마도 그 간호사님은 어디서 군대생활을 하고 있는 동생이 생각났는지도 모릅니다. 내가 성인이 되어 처음으로 받아보는 기도에 감동을 받았고, 그때의 고마움에 그분을 잊을 수가 없습니다.

요즈음은 간호사 제복도 간편하게 변하였지만 1960년대 간호사 복장은 하얀 원피스에 하얀색 모자까지 쓴 글자 그대로 백의의 천사였습니다.

피난 중에 만났던 모녀

6·15전쟁 당시 1·4 후퇴 때 피난 가서 만났던 이웃집 아주머니가 잊혀지지 않습니다.

장손인 나를 피난시켜야 한다는 어른들의 결정에 따라 어머니와 젖먹이 동생, 초등학교 3학년이었던 나 그리고 보호자로 따라나선 할아버지 셋이 피난길에 나섰습니다.

아버지는 경찰들과 함께 벌써 피난길에 오른 뒤였습니다.

배를 타고 외가댁이 있는 인천으로 피난을 가려고 외포리 포구에 갔으나 배에 사람들이 너무 많이 타는 바람에 몇 사람이 바다로 떨어지는 것을 목격하고는 발길을 돌려 화도면에 사시는 큰외할아버지 댁으로 갔습니다.

큰외할아버지께서 피난을 도시로 가는 것보다 장봉도 섬 교회에 아는 분이 있으니 장봉도로 가라고 하시며 내어주시는 배를 타고 장봉도로 갔습니다.

당시 장봉도는 인천과 강화를 왕복하는 연락선이 하루에 한 번만 거치는 아주 외딴섬이었습니다. 장봉교회에서 마련해준 집에서 굴도 따러 다니면서 편안한 피난 생활을 할 수 있었습니다.

등에 어린애를 업고, 나보다 서너 살 정도 많아보이는 여자아이와 함께 물을 길러다니는 30대 초반으로 보이는 아주머니를 자주 만나 친해지면서 서로 집까지 왕래를 하는 사이가 되었습니다.

1·4 후퇴 당시는 상당히 추웠습니다. 강추위에도 불구하고 두 모녀는 모두 목도리와 귀마개도 못한 채 발은 맨발이었습니다. 겨울에 버선을 신지 못한 채 맨발인 것을 보자 얼마나 발이 시려울까 하는 마음에 울 것 같았습니다. 당시는 강추위 때문에 사람들이 토끼털 귀마개를 하고 있었는데 귀마개도 하지 않았습니다.

너무 불쌍해보여 어머니한테 물어보니 그 아주머니는 말 못 하는 언어 장애인이며 남편이 노름에 빠져 재산을 탕진하는 바람에 아주 가난한 생활을 하고 있다고 했습니다.

나는 그 집에 놀러가서, 담배 냄새로 찌든 방에서, 그 아이의 아버지가 하고 있는 투전이란 노름을 처음 보았습니다.

6·25전쟁 때만 해도 이 땅에는 가난하고 무지한 백성들이 많이 있었다

는 것을, 가난과 무지 속에 그토록 어려운 삶을 살아온 어머니들과 아이들 그리고 무책임한 아버지들이 많이 있었다는 것을 나는 나중에야 알게 되었습니다.

가난에 쪼들린 생활을 하면서도 웃음을 잃지 않고 순박하고 친절했던 그들을 생각할 때면 그 맨발인 모습이 떠올라 지금도 가슴이 아려옵니다. 이름도 모르는 그 애가 지금 어디서 잘 살고 있을까? 생각이 나고 보고도 싶습니다.

외할아버지

세상에 외할아버지 생각이 안 나는 사람이 어디 있겠습니까만은 나에게 외할아버지는 특별한 분이었습니다.

우리 집이 시골이라 나는 인천의 외가댁에서 중·고등학교를 다녔습니다. 외삼촌이 먼 곳에서 교편을 잡고 있었기 때문에 집에는 외할아버지와 외할머니 그리고 나 세 식구였습니다.

독립운동가이셨고 (나중에야 알았습니다.) 큰 교회 장로님이셨던 외할아버지는 중학생인 나에게 수시로 성경 말씀, 특히 구약 말씀을 많이 들려주셨습니다. 집에서 대화할 수 있는 유일한 대상이 나였기 때문일 수도 있었겠지만, 그보다는 어린 나에게 확고한 신앙적 기반을 심어주시려고 하시는 것 같은 느낌을 어렴풋이나마 받았습니다.

조금만 이상해도 이단 취급을 받던, 당시 기독교 시류에서는 언급하기가 쉽지 않았을 불교에 관한 말씀이나 유교에 관한 말씀도 많이 하셨는데, 지금 생각해보면 외할아버지는 타 종교를 포용하시는 듯하는 좀 개방적 신앙관을 가지셨던 것 같습니다.

요한계시록에 관해서도, 이 세상이 사탄의 세력인 공산주의에 의해 완전히 장악을 당한 후에야 어린 양 예수께서 오셔서 이기고 또 이긴다고 말씀을 했습니다. 이 세상의 어떤 힘도 사탄의 세력인 공산주의자들을 이길 수 없다는 것입니다.

외할아버지는 조선 중기 민간인들에게 널리 유포되었던 예언서, 정감록을 인용하여 기독교를 전파하기도 하셨습니다. 정감록이란 백성들 사이에서 많이 회자되던 조선의 흥망성쇠에 관한 최고의 예언서로 백성들이 함부로 읽을 수 없는 금서였습니다.

정감록에는 임진왜란에 생문방(生門訪)이 송하지(松下地)요, 병자호란에 생문방이 가하지(家下地)요, 6·25전쟁에 생문방은 산불근(山不近) 도불근(道不近)이요, 3차 대전에 생문방은 도하지(道下地)라는 예언이 있다고 말씀을 하셨습니다.

임진왜란 때의 생문방, 즉 살 곳은 소나무 송 자가 들어간 지역으로, 예를 들면 개성(松都) 지역에 있던 사람들, 심지어 소나무 밑에 있었던 사람들까지도 화를 면하고 다 살았다고 합니다. 임진왜란 때 소나무 송 자가 들어간 명나라 장수 이여송(李如松)에게 일본이 패했는데 정감록은 일본 사람들이 예언서를 잘못 해석할 것까지 예언했다는 것입니다.

병자호란에 살 곳은 가하지(家下地)라 했는데, 병자호란 때는 너무 추워 피난 가던 사람은 모두 죽고 집에 있던 사람들은 모두 살았다는 것입니다.

6·25전쟁 때 살려면 산불근 도불근, 산도 가까이 있지 말고 큰길도 가까이 있지 말라고 했는데, 6·25전쟁 때 산으로 피난하거나 큰길로 떼를 지어 피난 가던 사람들은 인민군으로 오인을 받아 미군 폭격으로 많이 죽었다는 것입니다.

3차 대전에 살 길은 도하지(道下地), 도를 닦아야, 다시 말하면 예수를 믿어야 산다고 되어있다는 것입니다. 외할아버지는 정감록의 이 부분에 방점을 찍으시는 것 같았습니다.

외할아버지는 고승들의 일화도 많이 들려주셨습니다. 잘 알 수는 없었지만 그들의 일화를 통해서도 나에게 전하고 싶은 말씀이 있는 듯 느껴지기도 했습니다. 무학대사와 원효대사의 출생일화도 말씀해주셨고 서산대사와 사명대사(사명당)의 이야기도 해주셨습니다. 특히 서산대사와 사명당의 도술 대결에 대한 이야기가 잊혀지지 않습니다.

사명당이 나무를 깎아 거의 살아있는 것 같은 잉어를 만들자, 서산대사는, 나무 잉어에 입김을 불어 넣은 후 물이 가득한 대야에 넣자 잉어가 살아서 헤엄을 쳤다는 이야기입니다. 이 말을 들을 때 나는 하나님이 인간을 처음 만드신 후 입김을 불어 넣어 생명을 주셨다는 말씀이 떠올랐습니다.

외손자인 나를 그렇게 사랑하시던 외할아버지를 생각할 때마다 "외손자를 귀여워하느니 차라리 말뚝을 귀여워하라."라는 옛 속담이 생각이 나서 죄스러운 마음이 듭니다.

최O희

제3한강교를 건널 때마다 한남동 언덕 위에 아직도 있는 작은 주택들을 유심히 쳐다보곤 합니다. 그곳을 바라보며 50여 년 전 그곳에 살고 있었던 최O희란 어린아이의 생각에 젖습니다. 보고 싶은 마음이 밀려옵니다.

교회에서 사랑부(지체장애아를 돌보는 부서)의 차량자원 봉사를 하게 되었습니다. 자동차로 장애 아동을 태워 교회로 데려오고 예배가 끝나면 다시 집에 데려다주는 역할을 하는 봉사입니다.

내가 처음 돌보았던 어린이가 바로 8세의 최○희입니다. 최○희는 일급 지체 장애아로 말도 하지 못하고 겨우 말만 알아들을 수 있었습니다. 그러나 명확하게 웃음은 표현할 수 있었습니다.

가족은 어머니 한 분과 중학교 3학년이었던 오빠가 있었으나 교회에 나올 수 있는 형편이 못 되어서 나 혼자 그 애를 태우고 교회를 왕복해야 했습니다. 그 애를 뒷좌석에 앉히고 안전벨트를 채운 다음 쓰러지지 않도록 방석으로 안전 조치를 취한 후 조심해서 운전을 하였습니다.

아내와 함께하면 좋을 텐데 아내는 다른 부서에서 봉사를 하고 있었기에 시간이 나는 대로 틈틈이 나를 도와주기는 했지만 대부분 나 혼자 할 수밖에 없었습니다.

아무리 조심조심 운전을 한다 해도 갑자기 신호등이 바뀌거나, 앞차가 급정지하면 할 수 없이 따라서 급정지를 하게 되고, 최○희는 이상한 모습으로 거의 안전벨트에 휘감겨 앞으로 떨어집니다. 그러면 뒤차들이 경고음을 울리고 욕설을 퍼부어도 나는 차를 세우고 그 애를 다시 잘 앉힌 다음 출발을 하곤 했습니다.

최○희 어린이는 점점 우리에게 마음의 문을 열기 시작했습니다. 아침에 집에서 만날 때, 예배를 끝나고 집에 가기 위해 만날 때 우리를 보면서 반가워하는 모습은 참으로 순진하고 순수하고 수정같이 맑고 깨끗하였습니다.

한번은 예배를 끝내고 집에 가려고 아내가 안고 나오는데 울기 시작해서 집에 거의 다 갈 때까지 약 30분 동안을 계속 울었습니다. 아내가 옆에서 어디가 아픈지 물어봐도 아니라고 도리질을 하고, 소변이 보고 싶은지, 우리가 섭섭하게 했는지 물어도, 혹시 선생님한테 야단을 맞았는지 물어도 아니라는 표시를 하며 한 손으로 계속 자기 가방을 가리키며 울었습니다.

가방에 뭐가 있나 하고 아내가 가방을 열어 보니 헌금을 하지 못한 헌금봉투가 그대로 있었습니다. "이것 때문에 울었어?"라고 물으니 그렇다고 고개를 끄덕이었다고 합니다. 나는 운전을 하면서도 상황을 주의 깊게 살피고 있었습니다. 어떤 사정으로 인해 헌금을 하지 못하게 됐나 봅니다. "세상에 이것 때문에 그렇게 울다니!" 아내의 목소리에 울음기가 배어나옵니다.

나도 가슴이 울컥해지며 눈물이 나기 시작했습니다. 계속 눈물이 흐르는데도 아내가 눈치챌까봐, 눈물을 닦지 못하고 눈앞이 뿌연 채로 운전을 했습니다. 아내도 울고 있었나봅니다.

최○희로서는 예수님 사랑에 보답하고 감사하는 마음을 나타내는 방법이 오직 헌금밖에 없었던 것인데 그 헌금을 할 수가 없었으니 말은 못 하고 얼마나 안타까웠겠습니까? 얼마나 안타까웠으면 30분 가까이 울음을 그치지 못했을까요?

진정으로 예수님을 따르고 사랑하는 그의 순수하고 맑은 마음을 보면서, 주마등처럼 스쳐가는 나의 습관적이고 피상적인 어찌 보면 위선적이랄 수도 있는 신앙생활에 부끄러운 마음을 금할 수가 없었습니다.

하나님은 나 같은 시원찮은 한 사람을 변화시키기 위해 여러 가지 방법을 쓰시는구나 하는 생각을 갖게 되었습니다.

정이 많이 들었습니다. 나를 보면 웃는 그 환한 모습에 힘든 줄 모르고 3년을 봉사했습니다. 한남동 그의 집 근처에는 눈이 조금만 와도 차량 운행이 힘들다는 언덕이 있었는데 3년 동안 한번도 눈으로 인한 차량운행에 지장을 받은 적이 없었음은 기적이라고 생각을 합니다.

3년을 같이 지내는 동안 너무 정이 들었는데, 최ㅇ희 어머니도 건강하시고, 의사가 되어 동생의 병을 고치고 싶다고 한 그의 오빠도 의사가 되었으리라 믿고 "네 믿음이 너를 살렸다"라고 하신 예수님의 말씀대로 최ㅇ희는 일어나 걷고 있으리라는 믿음 속에 오늘도 최ㅇ희를 생각해 봅니다.

나에게 예수님 참사랑을 가르쳐준 어린이, 안을 때마다 너무 가벼워 나를 안타깝게 했던 그가 이제는 많이 건강해졌으면 하는 마음입니다.

3장

문화(文化) 산책

...

문학(소설) 산책

　문학 작품을 접하다 보면 의외로 생각지 못한 작품에서 감동을 받고 깨
달음을 얻을 때가 종종 있으며 무심하게 지나쳤던 작품을 다시 접할 때
는 성경에서와 같이 과거에는 느끼지 못하던 새로운 사실을 발견할 때가
있습니다.

　고전이나 오래된 명작은 현대와는 멀리 떨어진 듯한 그 시대의 사회상
과 인간상을 묘사하지만 실상은 현대와 계속 맞닿아 있습니다. 그곳에는
페이소스와 패러독스가 있으며 인간 본질의 휴머니즘이 녹아 있기 때문
입니다. 고전을 읽으면서 우리는 참된 삶의 지혜와 인생이 가야 할 길이
어떤 길이어야 하는가를 생각하게 됩니다.

　모파상의 《비계 덩어리》와 《목걸이》란 단편소설이 있습니다. 소설 《여
자의 일생》으로 잘알려진 모파상은 인간의 추악한 면을 사실적이고 객관
적인 언어로 표현한 대표적인 사실주의 작가이고, 에펠탑이 보기 싫어 에
펠탑이 보이지않는 유일한 곳인 에펠탑 밑에서 매일 점심을 먹었다는 일

화로도 유명한 분입니다.

모파상의 《비계 덩어리》

우리에게 아주 잘 알려진 알폰스 도테의 1871년 작 《마지막 수업》처럼, 프러시아와 불란서 간의 전쟁(보불전쟁)을 배경으로 한 단편소설입니다.

보불전쟁에서 프러시아에게 점령당한 마을 사람들이 잔혹하기로 알려진 프러시아 군 통치에서 벗어나기 위해, 가까스로 프러시아 장교한테 여행허가권을 얻어가지고, 대형 마차로 마을을 떠납니다.

마차 안에는 그 지역의 귀족 부부, 부유한 지방의회 의원 부부, 포도주 도매상 부부, 두 명의 수녀 그리고 비계 덩어리라는 뜻의 별명으로 불리는 볼드 쉬프(Bould de Suif)라는 창녀가 타고 있습니다.

마을을 출발한 후 중간 기착지에서 하룻밤을 보내고 다음 날 출발을 하려 하자 프러시아 군장교가 허락을 하지 않습니다. 그 장교는 볼드 쉬프와의 잠자리를 요구하였습니다. 마차에 타고 있던 사람들은 일제히 프러시아 장교의 나쁜 행위를 비난하면서 그의 요구를 완강하게 뿌리친 볼드 쉬프를 칭찬하지만 시간이 계속 흘러가며 출발이 어렵게 되자, 대를 위해 희생하는 행위는 잘못된 것이 아니다라며 볼드 쉬프에게 매춘을 하라고 강요를 하고 그래도 완강하게 거부하자 두 수녀마저도 "신(神)은 순수한 목적에서 행하는 죄악은 용서한다."라고 말을 합니다.

　결국 볼드 쉬프가 몸을 허락하고 마차가 다시 출발하자 사람들은 돌변합니다. 볼드 쉬프를 마치 더러운 인간처럼 가까이 하지 않고 따돌림을 합니다.

　인간의 이중성을 잘 나타내는 작품입니다.

　사회는 돼지 비계 때문에 비도덕적으로 되는 게 아니라 돼지 비계라는 것을 만들어 놓고는 마음껏 쾌락을 향유하다가 모든 잘못을 돼지 비계에게 덮어씌우는 사람들 때문에 비도덕적 사회가 되는 것입니다. 필요할 때는 활용하고 쓸모없으면 버립니다.

　인간을 이성적 동물이라 말을 합니다. 동물과 인간의 근본적인 차이는 인간에게는 이성적 판단의 능력이 있다는 것입니다. 그런데 이때의 인간이 가지는 이성(理性)이란 객관적 이성, 합리적 이성, 공리주의적(功利主義的) 이성이 아닌 아마도 다른 사람에게 해를 끼쳐도, 나만 이득을 얻고자 하는 이기적 이성을 말하지 않나 하는 생각이 들 때가 있습니다.

　사냥개로 하여금 토끼몰이를 하게 한 후 토끼가 다 없어지자 쓸모가 없어진 사냥개를 삶아 먹는다는 토사구팽(兎死狗烹)이란 말이 있습니다. 마음껏 활용한 다음 버리는 것이 인간의 이성인가 봅니다.

　이 소설은 당시의 프랑스 사회가, 높은 신분의 사람들과 귀족들과 사회에서 내로라하는 사람들이 얼마나 비인간적이고 이기적인가를 신랄하게 풍자했지만 오히려 현대 사람들의 모습을 더 신랄하게 지적하고 있는 것 같아 얼굴이 화끈거립니다.

모파상의 《목걸이》

교육청의 말단 직원과 결혼한 허영심 많은 여인 루이젤(Loisel)은 그의 허영심을 채우지 못해 늘 불만에 찬 생활을 합니다.

어느 날 남편이 장관 부부의 파티에 참석할 수 있는 초대장을 가지고 옵니다. 루이젤 부인은 모처럼 사교계에 나갈 수 있는 기회가 생기자 드레스를 사고, 이웃에 사는 포레스트(Forestier) 부인에게 다이아몬드 목걸이를 빌립니다.

파티에서 잠시나마 행복을 만끽하지만 집에 돌아와서야 목걸이를 잃어버렸다는 사실을 알게 됩니다.

목걸이를 찾지 못한 루이첼은 은행에서 돈을 대출하여, 같은 크기의 다이아몬드 목걸이를 사서 포레스트 부인에게 돌려줍니다.

이후 루이젤 여인은 그 빌린 돈을 갚기 위해 10년 동안 고생을 합니다. 그러던 어느 날 루이젤은 목걸이를 빌려주었던 포레스트 부인을 만나게 되고 그동안 목걸이를 잃었던 이야기와 함께 돈을 갚기 위해 고생을 했던 이야기를 합니다.

이 말을 들은 포레스트 부인은 그 목걸이는 가짜 다이아몬드라고 말을 합니다.

허영심(虛榮心)이란 "자신의 분수에 어울리지 않는 필요 이상의 겉치레

나 외관상의 화려함에 들뜬 마음"이라고 사전에서는 말하고 있습니다.

어느 정도의 허영심을 갖고 있는 게 인간입니다. 그러나 이 이야기에 나오는 것처럼 지나친 허영심은 인간에게 얼마나 큰 희생과 대가를 요구하는지 우리에게 교훈을 줍니다.

우리가 오늘 애써 노력해서 얻고자 하는 것들이 자신에게는 전혀 어울리지 않는 가짜 목걸이처럼 무가치한 것들은 아닌지 돌이켜볼 필요가 있습니다.

이솝 우화 중에 허영심 많은 까마귀 이야기가 있습니다. 어느 날 검은 까마귀 한 마리가 궁전 안에 있는 정원으로 날아들었습니다. 그곳에서 까마귀는 아름다운 공작새들의 날갯짓들을 보았습니다.

까마귀는 자기도 공작새와 같이 우아하게 보이고 싶은 마음에 떨어져 있는 공작새 깃털을 모두 주워 자기 깃털 사이에 촘촘히 박았습니다.

그리고는 자기 친구들이 있는 곳으로 가서 한껏 아름다움을 자랑을 하는데 친구들은 시큰둥한 표정들이었습니다.

까마귀는 다시 공작새들이 있는 곳으로 갔습니다. 그런데 괘씸하게 생각한 공작새들이 공작새의 깃털뿐만이 아니라 까마귀의 검은 깃털까지 뽑아버렸습니다. 그 이후 까마귀는 친구들로부터도 버림받습니다.

조지 오웰의 《동물농장》

조지 오웰의 1945년 발표작입니다.

존슨이라는 사람이 운영하는 매너농장(Manor Farm)이라는 농장에서 동물들이 반란을 일으켜서 존슨을 내쫓아버립니다.

돼지 스노우볼(Snowball)과의 싸움에서 승리하여 권력을 잡은 숫돼지 나폴레옹(Napoleon)은 가혹한 독재정치를 시작합니다.

나폴레옹은 동물 7계명을 만들어 어떤 동물도 침대에서 자면은 안 된다고 하면서 지배층인 돼지들은 침대에서 자게 합니다.

나폴레옹은 어렸을 때부터 길러온 개들로 정적들을 위협합니다.

식령배급이 줄어드는데도 식량배급이 늘어나고 있다고 선동을 합니다.

풍차 건설이 모든 동물들의 복지를 위해 필요하다는 말에 동물들은 열심히 시키는 대로 일을 합니다. 돼지들의 독재자 나폴레옹의 말을 믿습니다.

어느 날 풍차 건설에 가장 열심이었던 힘이 센 말 복서(Boxer)가 병으로 쓰러졌습니다.

마차가 와서 복서를 태우고 사라지고 지배층 돼지들은 복서가 윌링턴 병원에 치료를 받으러 간다고 발표를 하고 기타 개돼지들은 그 말을 믿습니다. 복서를 싣고 간 마차에는 말 도살업자(Horse Slughterer)라는 표시가 되어 있었습니다. 즉 도살장으로 가는 것입니다.

영혼이 없는 국민들은 예나 지금이나 권력자들에 의해 개돼지 취급을 받습니다.

조지 오웰은 부패한 러시아 제정을 무너뜨리고 들어선 공산국가 소련도 부패해가고 있다는 것을 알레고리 형식으로 날카롭게 비판을 하고 있습니다.

모두가 공평한 분배를 통해 평등한 지상낙원을 이룰 수 있다는 주장이 얼마나 허구인가를 동물들의 통치를 통해 잘 풍자하고 있으며 전체주의 사회주의 사회가 얼마나 위험한 것인가를 경고하고 있습니다.

또한 리더들의 말과 행위의 옳고 그름을 판단할 능력이 없는 무지한 백성들은 항상 리더들의 선동에 끌려갈 수밖에 없다는 교훈을 현대의 우리들에게 잘 보여줍니다.

몇 년 전 국민들은 개돼지라고 한 어떤 고위 관료의 말에 온 국민들이 분노에 들끓은 적이 있습니다만 곰곰이 생각해볼 만한 말인 것 같습니다.

최소한도 권력자들에게 개돼지로 보이는 국민이 되어서는 안 되겠습니다. 조삼모사란 말이 왜 나왔을까? 깊이깊이 생각해봅니다.

김유정과 꾀꼬리

김유정(金裕貞, 1908~1937)은 강원도 춘천에서 태어났습니다.

작가는 작품을 통해서 그의 캐릭터를 보여주지만 어떤 때는 이름을 통해서도 그 사람이 가지고 있는 이미지를 느낄 수 있습니다. 그래서 좋은 필명을 따로 갖기도 하나봅니다. 여유(餘裕), 덕유산(德裕山)같이 넉넉할 유(裕) 자가 풍기는 이미지는 참 좋습니다. 아내 이름에도 넉넉할 유 자가 들어있습니다.

사람들은 순박한 사람들을 좋아합니다. '순박'하다는 단어가 뿜어내는 향기와 냄새와 의미는 그리운 시골 고향을 상상하기에 충분합니다. 실제로 김유정의 인간성이 순박하였는지는 모르지만, 황순원, 김유정 이런 이름은 어딘지 모르게 토속적이고 순박함을 느끼게 해줍니다.

물론 김유정을 가장 좋아하게 만든 것은 한국의 시골 정서, 특히 강원도 지방의 토속적 언어로 뿜어내는 풍자와 해학입니다.

그의 대표작 《봄봄》, 《소낙비》, 《동백꽃》 등을 통해서 그의 해학적이면서도 순박한 면을 엿볼 수가 있습니다.

여기에는 작중인물들도 한몫을 하는 것 같습니다. 《봄봄》의 점순이란 이름과 화자인 '나'가 그러합니다. 《봄봄》은 1930년대 강원도 어느 산골 마을을 배경으로 하고 있습니다.

아내가 될 점순이는 열여섯 살인데도 키가 너무 작습니다. 점순이보다 열 살이 더위인 화자인 '나'는 점순이와 성례를 시켜준다는 장인어른(봉필이)의 말에 속아 3년 7개월 동안 새경도 받지 않고 열심히 일을 합니다. "이제는 성례를 시켜 주셔야죠?"라고 하는 나의 말에 봉필이는 "이 자식아 성례고 뭐고 (점순이의) 키가 자라야지!"라고 하며 장인은 점순이의 키를 핑계 대고 차일피일 미루어 나갑니다.

그러나 삼 년 반 동안에도 안 자라는 점순이의 키는 언제 자랄지 모릅니다. 나는 매일매일 점순이가 얼마나 자랐는지 키를 가늠하느라 세월을 보냅니다.

해학이 넘쳐나는 작품입니다.

내가 정작 김유정을 언급하는 이유는 꾀꼬리 때문입니다. 종달새, 까치, 소쩍새, 뜸북새, 뻐꾹새 등은 문학작품 속에 많이 등장을 하지만 꾀꼬리는 아직 보지 못했는데 김유정의 작품 속에서 이 꾀꼬리를 보았기 때문입니다.

황작(黃雀) 또는 황조(黃鳥)라고도 불리는, 몸통이 노랗고 붉은 부리를 가진 꾀꼬리는 파랑새와 더불어 우리나라에서 볼 수 있는 가장 아름다운 새 중에 하나입니다.

그런데 이 꾀꼬리는 그렇게 보기 쉬운 새가 아니어서 TV나 사진으로 말고는 실제로 본 사람은 그리 많지 않을 것입니다.

이 새는 여름 숲이 우거진 때어 나타나 참나무 같은 활엽수 높은 가지 위에 둥지를 틀기 때문에 시골에서도 좀처럼 보기가 힘듭니다. 머리 위에서 지저귀는 소리가 들려도 무성한 나뭇잎에 가려 잘 볼 수 없고 눈에 띄는 순간 곧 날아가버립니다.

어렸을 적 그러니까 초등학교를 입학하기 전인 것으로 기억이 됩니다. 나의 고향 집 앞 느티나무와 참나무 사이를 오가며 지저귀는 꾀꼬리를 오랫동안 넋을 잃고 본 적이 있습니다. 인가 근처에 나타난 꾀꼬리를 그렇게 가까이서 본 것은 처음이기 때문입니다.

꾀꼬리는 항상 한 쌍이 같이 다닌다고 합니다. 아름다운 소리를 내며 서로 놀리며 장난을 치던 모습에 넋을 잃고 한참을 바라보고 있었던 그 어릴 때의 잔상이 머릿속에서 아직 사라지지 않고 있습니다.

우연한 기회에 《五월의 산골짜기》란 김유정의 수필을 접하게 되었습니다. 오랜만에 옛날을 회상하게 만나는 꾀꼬리란 이름이 반가워 여기 그 수필 내용 일부를 소개합니다.

　　나의 고향은 저 강원도 산골이다. 춘천읍에서 한 이십 리가량 산을 끼고 꼬불꼬불 돌아 들어가면 내닫는 조그마한 마을이다.
　　앞뒤 좌우에 굵직굵직한 산들이 뺑 둘러섰고 그 속에 묻힌 아늑한 마을이다.
　　(…)
　　그러나 산천(山川)의 풍경으로 따지면 하나 흠잡을 데 없는 귀여운 전원(田園)이다.
　　산에는 기화이초(奇花異草)로 바닥을 틀었고, 여기저기에 쫄쫄거리며 내솟는 약수도 맑고 그리고 우리의 머리 위에서 골골거리며 까치와 시비(是非)를 하는 노란 꾀꼬리도 좋다.
　　(…)
　　혹은 나무줄기를 쪼며 돌아다니는 딱따구리도 있고 그러나 떼를 지어 푸른 가지에서 유희를 하며 지저귀는 꾀꼬리도 몹시 귀엽다.
　　산골에는 초목의 내음까지도 특수하다 더욱이 새로 튼 잎이 한창 퍼드러질 임시(臨時)하여 바람에 풍기는 그 향취는 일필로 형용하기 어렵다.
　　(…)

　　김유정은 《五월의 산골짜기》에서 고향 풍경을 노래하며 꾀꼬리에 관한 문장을 딱 두 번 언급했습니다.

그러나 꾀꼬리에 대한 향수를 가지고 있는 나에게는 그 두 번의 언급만으로 작가와의 충분한 교감과 동감을 느낄 수 있습니다.

시골에서 자랐으면서도 꾀꼬리를 보지 못한 분들은 별로 감흥을 느끼지 않을 수도 있을 것입니다.

1950년대 초등학교 때 부르던 꾀꼬리란 노래가 생각이 납니다. 내 동년배들 중에는 기억을 하는 친구가 없어 혹시나 기억을 하시는 분이 있었으면 하는 마음에 노랫말을 적어봅니다.

꾀꼬리

아름답고 맑은 꾀꼬리 소리
인근 산천에서 들리는구나
천기명랑한데 짝을 지어서
화답하는 소리 좋구나
꾀꼴새야 꾀꼴새야
네 소리가 좋구나

뜸북이는 "뜸북뜸북", 뻐국이는 "뻐꾹 뻐꾹", 소쩍새는 "솥적다 솥적다" 등으로 묘사가 되는 데 반해 꾀꼬리 소리는 이들 새소리처럼 묘사하기가 힘듭니다. 어떻게 들으면 다섯 음절로 우는 것 같기도 하고 어떤 때는 여섯 음절로 들리기도 합니다.

어떤 때는 상대방 꾀꼬리에 불만이 있는 소리 같기도 하고 어떤 때는 분노를 나타내는 것 같기도 하고 어떤 때는 조잘거리는 소리로도 들리지만 다른 새들보다는 확실히 맑고 고운 청아한 소리임에는 틀림이 없습니다.

그래서 그런지 노래를 잘 부르는 사람을 표현할 때 꾀꼬리같이 잘 부른다고 합니다.

춘천에는 김유정 문학촌이 있고 김유정 기차역이 있습니다. 작가의 이름을 딴 역 이름은 김유정역이 유일하지 않을까 싶습니다. 김유정역에 가면 왠지 김유정의 토속적, 향토적 분위기를 물씬 느낄 수 있을 것 같습니다.

27세로 생을 마감한 그의 절친한 친구 《날개》의 이상(李箱)처럼 안타깝게도 김유정은 29세의 젊은 나이로 요절했습니다.

김유정의 작품은 늘 고향을 떠올리게 합니다. 사람에게는 고향을 향한 귀소본능이 있다고 합니다. 귀소본능에서의 고향은, 자기가 태어난 물리적 장소로만 국한되지 않는다는 생각입니다.

도시에서 태어난 사람일지라도 그가 마음속에 그리는 본향은 아름다운 숲이 있고, 실개천들이 흐르고, 각종 새들의 지저귐과 노랑나비 흰나비들이 나르고, 복사꽃이 피는, 무릉도원 같은 그런 곳이 아닐까 생각을 해봅니다.

김유정의 《五월의 산골짜기》를 읽으면 그곳이 바로 마음속에 그리던 고향 같은 느낌이 듭니다.

시(詩)와 세월

내 마음의 이상향

박세영

유체꽃 물결 위엔
노랑나비 흰나비 떼 지어 놀고
종달새 하늘 높이 솟고
송아지는 마냥 천방지축

참으로 평화스런 모습
이게 바로 내 마음의 이상향인데
나는 여태 어디를 헤매고 다녔는가
머리는 어느새 반백
겨드랑이엔 도심 때가 잔뜩 끼었다

이제 곧 해 떨어지기 전에
혼탁한 도심으로 되돌아가야만 하는가
나비야 종달새야 철없는 송아지야

부디
너는 너 나는 나
서로 갈 길 다르다는
매정한 그 말 한마디로
나를 다시금 혼탁한 도심으로
내몰진 말아다오

시인에게는 아직 돌아갈 고향이 존재하는 듯하지만 대부분의 현대인들에게는 돌아갈 수 있는 물리적 고향도, 마음속에 그리는 정신적 고향도 점점 사라져가는 느낌입니다.

은퇴한 후 늦은 나이에 시인으로 등단한 친구의 시 중에서 내가 좋아하는 시입니다.

나이가 들어서 수필가로 등단하는 친구들은 간혹 있지만 시인으로 등단하는 친구는 드뭅니다. 나는 같은 문학가 중에서도 시인을 특히 좋아합니다.

딱 꼬집어서 그 이유를 밝히기가 힘들지만, 시에 대해 문외한인 내 소견으로는, 시심(詩心)이란 노력과 연륜보다는 천성적으로 부여받는 재능이라고 생각하기 때문에, 학창 시절부터 시인에게는 은연중에 부러움과 함께 존경하고 흠모하는 마음을 가졌습니다.

시인하면, 아직도 베레모를 쓰고 입에는 파이프를 물고 있는 모습과 함께 선비같이 고매하고 학(鶴)같이 고고하고 어린애같이 순결하고 깨끗하고 때 묻지 않은 순수한 모습이 떠오릅니다.

시인이란 어떤 사물이나 사건의 현상 속에서 보통 사람의 눈으로는 볼 수 없는 사랑, 슬픔, 기쁨 등 길게 설명을 요하는 형이상학적 생각과 사상 등을 이끌어내어 가장 짧은 언어로 함축시켜 나타내는 천재성을 소유한 사람이 아닌가 하는 생각이 듭니다.

잘 아는 시가 별로 없으면서도 젊었을 시절 누구나 한번쯤은 그랬을 법하게, 뜻도 잘 모르면서도 T. S. 엘리엇이나 윌리엄 워즈워드의 시를 읊고 다닌 적도 있을 것입니다.

세월은 많이 흐르고, 일상에 쫓기며 허송세월을 보낸 것 같은 허전한 마음이 들어서인지 문득문득 시 한 수 생각날 때가 있습니다. 여전히 변변하게나마 아는 시가 없기는 마찬가지이지만, '세계인의 애송시'나 '한국인의 명시' 등에는 수록되어 있지 않더라도 읽으며 잔잔한 감동을 느낄 수 있는 소박한 그런 시들이 있으면 즐겨 읽습니다.

시에 대한 조예가 깊지 못한 탓도 있겠지만 나이가 들어서인지 어려운 철학적 문학적 해설을 들은 후에야 이해를 할 수 있는 시나, 깊은 사색을 한 후에야 이해할 수 있는 그런 시들보다 읽음과 동시에 공감이 가고 시심에 빠져들게 하는 그런 시들이 좋습니다.

그런데 좋아하는 시도 나이 따라 세월 따라 변하나 봅니다. 나이가 들어가니, 김소월의 〈길〉이나 박목월의 〈이별의 노래〉 같은 시가 좋습니다. 인생을 노래하며 철학적 의미가 있고, 젊음을 노래하는 밝은 시에서 서정적이고, 이별, 작별, 나그네 등 세월의 흐름을 느낄 수 있는 시로 바뀝니다.

길
김소월

어제도 하룻밤
나그네 집에
까마귀 까악까악 울며 새웠소

오늘은
또 몇 십 리
어디로 갈까

(…)

갈래갈래 갈린 길

길이라도
내게 바이 갈 길은 하나도 없소

이별의 노래
박목월

기러기 울어 예는 하늘 구만리
바람이 싸늘 불어 가을은 깊었네
아 아 너도 가고 나도 가야지

한낮이 지나면 밤이 오듯이
우리의 사랑도 저물었네
아 아 너도 가고 나도 가야지

산촌에 눈이 쌓인 어느 날 밤에
촛불을 밝혀 두고 홀로 울리라
아 아 너도 가고 나도 가야지

세상이 너무 삭막하다고 말들을 합니다.

실용과 속도만이 중시되고 있는 현대 사회에서 인간의 정서는 점점 메말라 세상은 날로 사막화가 되어가고 있고 한 인간의 사막화는 강한 모래바람으로 옆 사람을 또 사막화 시켜서 세상이 온통 날카로운 가시로 중무장한 선인장만이 가득한 인정 부재의 사막화를 만들어 가고 있는 것 같습니다.

각종 매체들의 댓글들을 살펴보면 우리 시대의 삭막함과 사막화를 실감하게 됩니다. 그곳에는 상처를 보듬어주는, 사랑을 품은 따뜻한 말은 찾아볼 길이 없고 상처를 후벼 파는 욕지거리와 저주의 막말만이 판을 치고 있습니다.

이럴 때 감명을 주는 한 줄의 시구는 메마르고 지친 마음을 포근히 감싸주며 상처받은 영혼들을 따뜻하게 위로해주는 오아시스가 될 수 있고 사람들 마음속에 가득한 가시를 녹여줄 수 있습니다.

시(詩)란 절 사(寺) 자와 말씀 언(言)의 복합어로 절에서 사용하는 말이라는 뜻이 있다고 들은 적이 있습니다.

절에서 스님들 사이에서는 그렇게 많은 말을 하지 않고도 마음으로 대화를 해나간다고 합니다. 스님들은 새와 나무와 시냇물과 바람과도 대화를 하고 하늘과 흘러가는 구름과도 대화를 합니다. 바로 이때 사용하는 언어가 시(詩)가 아닌가 생각합니다.

한전기술에서 울진원자력발전소 현장소장으로 재직 시 정겨운 새소리, 물소리, 바람소리로 가득한 근처의 불영사(佛影寺)란 아름다운 절을 자주 찾았습니다.

자급자족을 위해 각종 야채를 재배하고 있던 텃밭에서 일손을 잠시 쉬면서 자연과 대화하는 스님과 둥근 댓돌 위에 앉아서 무념무상에 젖은 듯 하늘과 구름과 대화하는 스님을 보면서 나는 시라는 언어의 진수를 느낄 수가 있었습니다.

이렇게 시는 마음의 말이라고 생각합니다. 따라서 시는 이성적 눈 대신 마음의 눈으로 읽을 수 있는 언어이고 읽는 순간 마음에 감동을 느끼게 하는 일종의 영혼끼리의 대화가 아닌가 하는 생각이 듭니다.

언제부터인가 지하철역에서, 좋은 시들을 경제적, 시간적 투자 없이도 읽을 수 있어서 좋습니다.

이 세상에 탄생하기 위해 300번 이상을 고쳐 써진 시도 있다고 하는 것처럼 산고와 같은 창작의 고통으로 탄생한 시를 쉽게 읽을 수 있음에 감사하는 마음입니다.

이제 세월은 흐르고 나이도 쌓여가면서 인생 여정 끝나고 천국 갈 때 아무것도 생각하지 말고 편히 가라는 듯 속세의 기억도 희미해져가고 그나마 알고 있던 시도 노래도 차츰차츰 잊혀져가고 있습니다.

인생 여정이 끝나고 떠날 때 남기고 싶은 시 한 수가 있습니다.

세월

송문정

흰 강아지 한 마리
휘익 골목길을 지나갑니다
그림자도 따라갑니다

가을날 노루 꼬리만 한 햇살이
목을 빼고 바라봅니다

이내
햇살도 골목도 보이지 않습니다
모든 것이 그렇게 잠깐이었습니다

그림 여행

　고(故) 이건희 전 삼성그룹 회장의 소장품 11,023건, 약 23,000점의 문화재와 미술품이 정부에 기증되었다는 기사가 연일 세간의 화제가 되고 있습니다.

　겸재 정선의 〈인왕제색도〉를 포함, 모네의 〈수련〉에서부터 샤갈의 작품까지 세계적인 작품으로 시가가 무려 10조원에 이른다는 풍문도 있습니다.

　이와 관련된 기사 중 눈길을 끄는 기사가 있었습니다. 이건희 회장의 부친 이병철 회장은 미술품을 수집할 때 예산 가격보다 비싸면 구입을 중단했으나 이건희 회장은 가격에 구애를 받지 않고 구입을 하면서 "유명한 고가의 예술품을 소장하면 같이 소장되어있는 다른 소장품들의 가치가 더불어 상승한다."라고 말했다 합니다. 타당성 있는 말이라는 생각이 듭니다.

이건희 회장은 남다른 심미안을 가지고 있었으며 예술품에 대한 조예가 상당한 경지에 이르렀다고 합니다. 그는 청년 시절부터 전문가들을 찾아다니면서 지식을 쌓았으며, 안료마다 색의 농도를 달리한, 청화백자 복제품을 여러 개 만들어 서로 비교 분석까지 하는 치밀함을 보였다고 합니다.

이 기사를 읽다가 불현듯 밀레의 〈만종(晚鐘)〉이 생각났습니다. 이건희 회장의 말대로 밀레의 만종을 너무 좋아하다보니 〈이삭 줍는 여인들〉, 〈수확하는 사람들의 휴식〉, 〈키질하는 사람〉 등 그의 다른 작품들이 덩달아 좋아졌습니다.

우리 집에 유일하게 그림 한 점이 있는데 그 그림이 바로 밀레의 〈만종〉입니다. 제일 좋아하는 그림이 무엇이냐고 물으면 나는 서슴치 않고 밀레의 〈만종〉과 〈이삭 줍는 여인들〉이라고 말을 합니다.

파리 근교 바르종이란 곳에서 농촌 생활을 그림의 소재로 즐겨 삼았던 장 프랑수아 밀레(J.F.Millet)의 그림은 농촌에서 어린 시절을 보낸 나에게는 그림에 관한 설명이 필요 없을 정도로 정겹고 친근감이 갑니다.

그중에 그의 대표작 《만종(L'ANGE'LUS, The Angelus)》은 액자 속이나, 미술관 안에만 걸려있지 않고 내 마음속에 항상 전시되어 있습니다.

하나님의 은혜 속에 하루 일을 끝내고 감사의 기도를 드리는 농부의 모습은 생각하면 할수록 가슴을 뭉클하게 하고 감사라는 마음이 떠나지를 않게 합니다.

밀레가 파리에서 그림 공부를 할 때는 그림물감 한 통을 쉽게 살 수 없는 어려운 형편이었다고 합니다. 그는 평범한 농부의 아들로 태어나 두터운 신앙심과 경건한 분위기의 가정에서 어린 시절을 보냈습니다.

그래서 그런지 1859년 완성된 이 그림은 그의 두터운 신앙심과 어렸을 적의 경험이 잘 묻어난 작품이라는 생각이 듭니다.

만종(晚鐘)

밭에서 일을 끝낸 두 부부가 멀리서 저녁 종(삼종)이 울리는 가운데 감사를 드리는 모습이 만종의 내용입니다.

지평선에는 황혼이 물들어가고 멀리 보이는 교회로부터 저녁 종소리가 들리자 모자를 벗어 공손하게 두 손으로 잡고 있는 남자 모습과 두 손을 꼭 쥐고 머리를 숙여 드리는 여인의 감사기도 모습은 너무나 경건합니다. 그림을 볼 때면, 더불어 감사의 기도를 드리지 않을 수 없게 합니다.

옆에 보이는 손수레와 감자 바구니 그리고 남자 옆에 꽂혀있는 삼지창은 소박한 농부들의 모습과 평화스런 모습을 잘 나타냅니다.

이 그림은, 처음에는 1,000프랑에 의회(議會)에 팔렸으나 외국인 등 여러 손을 거친 후 그 800배에 달하는 80만 프랑으로 프랑스로 돌아왔다고 합니다.

밀레의 그림이 처음 1,000프랑에 팔릴 당시 한 달 생활비가 약 400프랑이었다고 하니 약 두 달 반의 생활비에 그림이 팔린 셈입니다.

그림을 좋아하게 되는 가장 큰 이유는 무엇보다 그림이 주는 첫인상 때문이기도 하겠지만, 그림에 얽혀있는 스토리텔링도 한몫한다고 생각합니다.

가난했지만 신앙심이 두터운 가정에서 자란 밀레는 친구에게 이런 말을 했다고 합니다.

"만종은 내가 옛날 일을 회상하면서 그린 그림이네. 옛날 우리가 밭에서 일을 할 때 저녁 종소리가 들릴 때면 할머니는 한 번도 잊지 않고, 우리의 일손을 멈추게 하시고 삼종(三鐘)기도를 드리게 했지, 그럼 우리는 모자를 벗어 꼭 쥐고 고인이 된 불쌍한 사람들을 위해 기도를 드리곤 했지."

만종(晩鐘)이란 저녁 종을 뜻하고 삼종(三鐘)기도란 오전, 정오, 오후 하루 세 번 종이 울릴 때 드리는 기도를 말합니다.

농촌에서 자랐으며 어려서부터 할머니 손을 잡고 예배를 드리러 다녔던 나에게 만종은 이래저래 내 마음속에 크게 자리 잡고 있을 수밖에 없습니다.

때와 장소를 불문하고 심지어 외출을 하고 있을 때에도 감사의 마음이 생길 때마다 밀레의 만종을 떠올리며 감사기도를 드리곤 합니다.

이삭 줍는 여인들

이 그림 역시 시골에서 자란 나에게 친근감과 감명을 주는 그림으로 가장 사실주의에 충실한 그림 중 하나가 아닐까 생각될 정도로 이삭을 줍는 농촌 풍경을 너무나 리얼하게 잘 표현한 그림입니다.

땅에 떨어져 있는 이삭을 줍기 위해 두 여인이 허리를 굽히고 한 여인은 잠시 허리를 펴고 쉬는 모습이 보입니다. 뒤에는 높이 쌓인 낟가리와 곡식을 수확하는 사람들이 보이고, 감독관인 듯한 말 탄 사람도 보입니다. 이 그림에서 가난한 농부들의 수고와 애환을 볼 수 있기도 하는 한편 나는 농부들의 순박한 모습과 평화스러운 모습을 보기도 합니다.

이 그림을 보면서 어렸을 적 추수를 끝내고 난 후 논에서 벼 이삭을 줍던 사람들을 떠올립니다. 이 관습이 가난한 사람이 많이 있던 우리나라에만 있었는 줄 알았습니다.

그런데 BC 1400여 년 전으로 추정되는 모세가 기록한 이스라엘의 규례인 레위기를 보면 "가난한 사람과 거류민을 위해서 곡식을 거둘 때 다 거두지 말고, 포도원의 열매도 다 따지 말고 가난한 사람과 거류민을 위해 이삭을 남겨두라."라는 말씀이 있고(레;19,9), BC 900년경에 이야기인 성경 룻(Ruth)기에도 이삭 줍는 이야기가 나옵니다.

이 〈이삭 줍는 여인들〉 그림은, 옛날에도 부유한 사람과 가난한 사람은 있었고, 그들이 서로 사이좋게 공존했다는 사실을 일깨워주는 것 같기도 하고, 선진국들도 가난했던 농경 시절을 거치면서 발전을 해온 것을 새삼 느끼게도 해줍니다.

이 그림이 농경시대 사람들이 생존하고 있는 동안에는 계속 깊은 감명을 주며 많은 공감을 주겠지만 그림을 이해하고 공감할 수 있는 세대가 모두 떠나면 명화가 아닌, 농촌 역사 기록물의 하나로 전락할지도 모른다는 생각을 하니 왠지 허전하고 아쉬운 마음이 듭니다.

부상당한 천사

우연한 기회에 〈부상당한 천사(The wounded angel)〉라는 그림을 접하고는 이 그림에 빠져들었습니다.

이 그림은 핀란드의 국민 화가로 존경을 받고 있는 휴고 짐베르크(Hugo Simberg)의 1903년 작 유화이며 핀란드를 대표하는 작품으로 헬싱키 아테네움 미술관에 전시되어 있으며 핀란드에 전해 내려오는 전설 내용을 토대로 그린 것이랍니다. 그 전설은 이렇습니다.

휴고 짐베르크의 〈부상당한 천사〉

　어느 날 두 소년이 들에서 놀다가 부상을 당해 날개가 꺾여 날지 못하는 천사를 발견하고 들것을 만들어 마을로 데리고 왔는데 동네 어른들은 "천사가 부상을 당하다니 말도 안 된다. 이는 마녀가 틀림없다."라고 하며 천사를 화형시킵니다. 그러나 천사는 죽지 않고 원망에 가득 찬 눈으로 피눈물을 흘리며 하늘로 올라가 버렸고 그 이후 마을은 전염병이 돌아 천사를 구한 두 아이만 남고 모두 죽었다고 합니다. 그리고 황량해진 마을, 천사의 피눈물이 떨어진 곳에 한 송이 꽃이 피었는데 그 꽃이 바로 불멸의 꽃 '아마란스'라 합니다.

　두 아이가 부상당한 천사를 들것에 들고 가고 있습니다. 순수함을 상징하는 흰 날개가 꺾이고 흰 붕대로 눈까지 가리고 들것을 잡고 있는, 너무나 지치고 아파하는 천사의 모습이 애처롭고 안타까워 가슴에 품고 위로해주고 싶은 마음입니다.

아마도 위로하는 마음으로 두 소년이 꺾어주었을 듯싶은 하얀 꽃이 천사의 손에 쥐어져 있는데 천사는 너무 아파 꽃을 느끼지도 못하는 것 같습니다.

얼마나 다급했는지 천사는 맨발입니다. 머리를 싸맨 흰 수건은 두통이 있을 때면 어머니가 머리를 감싸시던 생각이 떠오르게 합니다.

들것을 들고 가는 앞 소년은 눈물을 참느라 입을 꾹 다문 표정이고 뒤에 소년은 나를 째려보며 수호천사에게 부상을 입게 하고도 아무 조치도 취하지 않고 천연덕스럽게 있는 당신도 사람이냐 하는 듯 매서운 분노의 표정을 하고 있습니다.

그림을 보며 여러 가지 생각을 하게 됩니다. 왜 아무도 없을 것 같은 한적한 곳에서 천사는 무얼하려다, 누구를 도우려다, 부상을 당했을까? 왜 어른들은 보이지 않고 어린이가 들것을 들고 갈까? 수호천사의 보호를 받던 인간은 어디 가고 부상당한 천사만이 어린아이가 급하게 현장에서 임시로 만든 듯한 초라한 들것에 들려 가고 있는 것일까?

그래도 천사를 화형시키는 고약한 어른들만 있는 것이 아니고, 들것을 드는 따뜻한 마음의 소년들이 있다고 생각을 하니 세상은 그렇게 삭막하지만은 않고 살 만하다는 생각도 하게 됩니다.

수호천사의 존재와 역할을 누구보다 굳게 믿는 내가 이 그림을 보는 순간, 어지간히도 나의 수호천사 속을 썩였던 내 모습이 떠올라 몸이 저절로 움추려들었습니다.

바로 그림에 나오는 수호천사처럼 나의 수호천사도 나를 돕다가 부상을 당하고 상처를 받아 힘들어했을 것이라 생각을 하니 마음이 편치 않고 부끄러운 마음이 듭니다.

수호천사를 눈으로 똑똑히 본 한 학자의 실제 이야기입니다. 영국 캠브리지 대학교에서 신학교육을 전공했고 런던의 랍비전문 양성기관인 레오 백 칼리지(Leo Baeck College)에서 랍비 수업을 받은 빌터 로드실드 박사가 영국 북부 작은 마을에서 한 교회당(시나고그)의 랍비로 있을 때의 일을 회고한 내용입니다.

벤자민이란 9살 난 어린이가 뇌막염으로 혼수 상태에서 엘리자베스 종합병원에 입원을 했다는 연락을 받았습니다. 그는 벤자민과 그의 가족에 대해 전혀 알지 못하는 상태였다고 합니다.

급히 병원으로 달려가 보니 병상 옆에는 한 여인이 앉아있었고 그 여인이 "아이 아버지가 맨체스타에서 회의 중인데 지금 오고 있는 중입니다. 랍비님 기도해주세요."라고 말했습니다.

"벤자민 아버지가 맨체스터에서 지금 오고 있는 중이라 하셨지요?" "예 조심해서 운전을 해야 할텐데 그 불쌍한 사람이 지금 몹시 당황하고 있을 거예요. 부인이 죽은 지 2년밖에 안 됐거든요." "그럼 당신은 벤자민의 숙모인가요?"라고 묻는 중에 아버지가 도착해서 인사를 하는 동안 뒤에서 "아닙니다. 나는 벤자민의 수호천사입니다."라는 소리가 분명하게 들려서 돌아보니 그 여인은 온데간데없이 사라지고 나갈 때 이 여인을 본 사람은 아무도 없었다고 합니다.

병상 옆에 앉아 있을 때의 여인의 존재는 간호사들도 다 인정을 하고 있었습니다. 랍비가 벤자민 아버지한테 여인의 존재에 대해 물었는데 아버지는 전혀 그럴만한 여인을 알고 있지 않았습니다. 오히려 누구에게 연락을 받고 랍비 선생이 왔는지 궁금해하였습니다.

랍비는 그 여인의 말대로 그녀가 벤자민의 수호천사라고 확신했다고 합니다.

- 《아주 특별한 인생을 만나다》, 저자: 빌러 로드실 -

나는 정말 수호천사의 존재를 믿을 수밖에 없는 많은 경험을 갖고 있습니다. 나 때문에 수호천사가 괴롭힘당하는 일이 있어서는 안 되겠다는 다짐을 해봅니다.

갓 브레스 아메리카(God Bless America)

미국 뉴욕항 앞의 리버티 섬에는 미국을 압축해서 표현해주는 것 같은 자유의 여신상이 우뚝 서 있습니다.

잘 알려진 것처럼 이 자유의 여신상은 미국 독립 100주년을 기념하여 프랑스가 기증한 것입니다. 일반적으로는 자유의 여신상(Statue of Liverty)이라고 불리는 이 여신상의 정식 명칭은 세계를 밝히는 자유의 여신상(Liverty Enlightening The wold)입니다.

미국을 여행하다 보면 신이 축복한 자유의 나라임을 곳곳에서 느낄 수 있습니다. 미국에는 파라오의 나라에서 이민 온 사람, 킹의 나라에서 이민 온 사람, 황제, 술탄, 짜르, 천황, 칸, 대통령의 나라에서 이민 온 사람들이 혼재해서 더불어 살고 있습니다. 그들은 모두 자유를 찾아 미국으로 온 사람들로서 미국에서 자유를 마음껏 누리며 살고 있습니다.

자유를 지키기 위해서는 다양한 형태의 절대적인 힘이 필요하고 그 힘

중의 하나가 자유를 지키기 위한 공권력입니다.

미국 경찰은 모든 시민을 보호하기 위해 공권력을 정당하게 사용하지만 공권력에 도전하는 사람은 어떤 비난도 감수하면서까지 무자비할 정도로 제압을 합니다. 때로는 부정적인 면으로 비쳐지기도 하지만 여러모로 보면 그만큼 자유를 지키려는 강한 의지의 표현이라고 볼 수도 있습니다.

원자력발전소 설계 국산화를 목표로, 3년간 미국에서 연수를 받을 때의 일입니다. LA카운티 다우니 시티(Downey City)에 소재한 우리 집에서 자동차로 약 2시간 정도 거리에 있는 공원으로 피크닉을 갔을 때의 일입니다.

6살이던 둘째 애가 넘어지면서 스테인리스로 만들어진 미끄럼틀 끝부분에 부딪혀 이마가 깊게 찢어졌습니다. 곧 공원의 의료담당자가 달려와 익숙하게 응급조치를 취한 후 빨리 병원으로 가보라는 말과 함께 명함을 넘겨 주며 시를 상대로 손해배상을 청구하고 싶으면 도와줄 테니 연락을 하라는 말을 했습니다.

아직도 피가 흘러나오고 있는 상처를 꾹 눌러 지혈을 시키는 가운데 나는 큰 도로로 빠져나와 비상라이트를 켜고 제한속도는 염두에도 두지 않고 빠른 속력으로 집이 있는 LA 방향으로 차를 몰았습니다.

10여 분이 흘렀을까, 경찰차가 따라오며 차를 세우라고 했지만 나는 비상 라이트만 몇 번 깜박이고, 제한속도를 훨씬 넘는 80마일(120㎞) 정도로 계속 달렸습니다.

경찰차가 바짝 옆으로 따라붙자 나는 한 손으로 뒷자석을 계속 가리켰습니다. 그러자 차 안의 상황을 인지한 경찰차가 경고등을 번쩍이고, 사이렌소리를 내며 앞에서 내 차를 에스코트하기 시작했습니다.

마치 바다에서 보트가 달릴 때 물결이 쫙 갈라지듯 앞에서 달리던 자동차들이 옆으로 비키면서 길을 확보해 주었습니다. 운전 중 소방차나 응급차에게 길을 비켜준 경험은 있지만, 비켜주는 도로를, 미국 경찰차의 에스크트를 받으며 내가 질주하리라고는 꿈에도 생각지 못했습니다. 너무나 감동적이고 가슴이 울컥하는 고마운 일이었습니다.

30~40분 후, 우회전 신호를 주며 도로를 빠져나가는 경찰차를 따라 병원에 도착했습니다. 경찰 측의 전화를 받았는지, 대기하고 있던 의료진이 수납(收納) 절차 같은 것은 요구도 하지 않은 채 애를 환자용 침대에 뉘워, 수술실로 데리고 들어갔습니다.

아무런 사전 조건이나 절차나 이유나 상황을 따지기 전에 즉각적 조치를 취해준 경찰과 병원 측에 대해 지금도 고맙고 감사한 마음을 가지고 있습니다. 나는 백인이 아니고 황색 인종인 이방인이었지만 경찰이나 병원 측으로부터 아무런 인종차별이나 인권유린을 당하지 않았습니다.

미국 문화 중 흥미로운 문화가 게라지 세일(Garage Sale)입니다. 주말에는 게라지 세일이라고 해서, 특히 어린애들이 자기가 쓰던 물건을 집 앞에 펼쳐놓고 팝니다.

학용품, 책, 장난감, 우표, 동전 같은 것들인데, 색연필 한 통에 3불, 필통이 2불, 책 한 권이 3불 등 모두 합친다 해도 30불을 넘지 않는데도 모두 팔릴 때까지 앉아서 그런 것들을 팝니다. 어려서부터 독립심을 키워나가는 한 방편이라는 생각이 듭니다.

나는 아동들이 배우던 교과서, 특히 역사책을 종종 샀습니다. 한 어린이로부터 동전 모음통을 샀는데 그중에 아이젠아워 대통령 취임기념 1불짜리 주화가 있었습니다. 지금도 그 시절을 회상하게 해주는 그 주화를 가지고 있습니다.

주택가를 돌다보면 앞뜰에 빨간 글씨의 세일(Sale)이라고 써있는 팻말이 서 있는 것을 볼 수 있습니다. 집을 판다는 뜻입니다. 역시 빨간 글씨의 세일이라는 표지가 붙어있는 자동차를 볼 수 있고, 이를 보고 자동차 딜러에 가지 않고도 직접 소유주와 매매 계약을 할 수가 있습니다.

미국은 자유를 만끽할 수 있는 나라입니다. 그러나 자유에는 의무와 책임이 따릅니다. 미국은 인치가 아닌 철저한 법치국가의 모형입니다.

한번은 LA에서 일어난 유명한 살인사건에 배심원으로 선정됐으니 날짜에 맞춰 공판 장소로 나오라는 통보가 왔습니다. 타당한 이유 없이 불참하면 처벌을 받는다는 경고문이 적혀 있었습니다.

나는 시민권이 없다는 이유로 거절을 할 수밖에 없었습니다. 미국에서는 컴퓨터를 이용, 임의로 배심원을 선정합니다. 우리나라에는, 2008년 1월에야 이 배심원 제도가 도입되었습니다.

자기 집 앞 잔디를 오랫동안 깎지 않으면 이웃의 신고로 잔디를 깎도록 제재를 받습니다. 어린애를 차에 홀로 두고 마트에 들어갔다가는 유아학대죄로 처벌을 받습니다.

당시 내 나이 40이 넘었는데도 리커(술과 담배 상점)에 들어가면 신분증 제시를 요구합니다. 동양인의 나이를 잘 가름하지 못하기 때문입니다. 40여 년 전에 이미 철저하게 미성년자에게는 술이나 담배를 팔지 않았습니다.

교통법규를 철저하게 지켜야 합니다. 운전면허 실기시험 시 거의 모든 시험관이 주택가 뒷골목으로 가도록 요구합니다. 뒷골목에 있는 작은 사거리에는 신호등이 없습니다. 지나가는 차가 있건 없건 일단 정지를 했다가 먼저 도착한 차가 먼저 출발을 해야 합니다.

그런데 신호등도 없고, 행인도 없으니, 깜박하고 이 법규를 위반하여 불합격 판정을 받습니다.

미국은 획일적인 나라가 아니고 다양한 주장들이 넘쳐나고 다양한 의견의 차이가 존재하는 나라입니다. 아프리카 아메리칸(흑인)과 유로피안 아메리칸(백인)과의 의견 차이도 많이 납니다.

십여 년 전 미시간대의 한 교수가 고등학교 2학년의 아프리카계 흑인 학생과 유럽계 학생들을 대상으로 여론조사를 실시했다고 합니다. '미국 역사상 누가 가장 중요한 인물인가?'라는 질문에 흑인 학생들은 (1) 마틴 루터 킹 2세 (2) 말콤 X (3) 헤리엇 터브먼(흑인 인권 운동가)이라고 대답을 했고 백인 학생들은 (1) 조지 워싱턴 (2) 존 F 케네디 (3) 마틴 루터 킹 2세라고 답했습니다.

주류 언론을 통해서 역사를 배우는 백인 학생들의 역사관은 학교에서 배운 역사관과 큰 차이가 없으나 흑인 학생들은 비주류 언론매체 또는 가정을 통해서 역사를 배우기 때문에 학교에서 배우는 역사관과는 차이가 있었다고 합니다.

어느 사회 어느 나라든 그들은 자신만의 독특한 문화를 가지고 있으며 그 문화는 오랜 세월을 거치면서 민족성과 신앙심 등 역사의 영향을 받으면서 형성됩니다.

미국 문화의 형성과 융성(隆盛)은 목숨을 걸고 종교의 자유를 찾아온 청교도들의 신앙심 바탕 위에 이루어진 것처럼 미국 사람들의 최선의 가치는 종교와 인간의 자유이고 이것으로부터 정의라는 큰 힘이 나오는 것 같습니다.

미국 어린이들이 국가(國歌)만큼이나 많이 부르는 노래가 〈갓 블레스 아메리카(God Bless America)〉입니다.

"하나님은 미국, 내가 사랑하는 이 땅을 축복하고 계십니다(God bless America land that I love)"라고 시작하는 이 노래는 어릴 때부터 미국 어린이들에게 신(God)과 나라사랑하는 마음을 심어주고 고취시켜 주고 있습니다.

미국 서부 개척시대를 배경으로 하는 서부 영화들을 보면 곳곳에서 기도가 나오고 장례식은 신자건 아니건 상관없이 성경 말씀으로 집행되는 것을 볼 수 있습니다.

미국은 세계에서 최초로 그리고 유일하게 호텔에 성경을 비치해 놓은 나라이고, 첨단 과학기술 발달이 화성을 오가고 있는 오늘날까지도 성경에 손을 얹고 대통령선서를 하는 유일한 나라이며, 추수감사절을 2대 명절 중 하나로 꼽는 나라로 사회 모든 문화와 제도에 신앙이 뿌리 깊이 자리 잡고 있습니다.

현재의 미국은 다민족, 다종교로 이루어진 복잡한 문화를 가지고 있지만 여전히 문화는 주류인 백인 앵글로 색슨 청교도들(WASAP: White Anglo Saxon Protestant)에 의해 움직여지고 있다고 합니다.

미국 문화는 복잡한 다민족 소수문화를 인정하면서도, 종교의 자유를 찾아 이주할 때부터 지켜왔던 자유, 생명중시, 사랑의 정신으로 이 소수문화들을 하나로 융합시켜냄으로써 최고의 자유 민주국가인 아메리카라는 큰 응축된 힘으로 나타납니다.

1980년도에 실시한 어느 조사에 의하면, 기독교인이라고 답한 미국인은 72%인 데 반해 하나님이 있다고 답한 사람은 90%였다고 합니다. 비기독교인인데도 하나님이 있다고 생각하는 미국 사람이 18%나 된다는 것입니다.

미국은 종교자유를 찾아온 청교도들의 순결한 신앙심과 철저한 신교(기독교) 정신이 굳건하게 자리 잡고 있었으며, 이민 초기에 이들이 추구했던 자유, 인권, 박애 정신이 아직도 살아 숨 쉬고 있는 나라인 것 같습니다.
어떤 면에서는 이 자유의 여신상이 미국 국민들의 자유수호 정신을 가장 잘 나타내고 있다는 생각이 듭니다.

켄터키 옛집(My Old Kentucky Home)

　미국 켄터키 주는 흰 신사복, 흰 구두에 멋진 빨간 보타이를 한 할아버지로 대변되는 켄터키 후라이드 치킨과 세계적인 경마 경기인 켄터키 더비(Kentucky Derby)로 우리에게 잘 알려져 있을 뿐 아니라 우리에게 너무나 친숙한 이름인 켄터키 옛집(My Old Kentucky Home)이 있는 곳입니다.

　켄터키 주는 미국 동중부(東中部)에 위치한 곳으로, 한국인이 관광목적으로 방문하기가 어려운 시골입니다. 내가 방문했던 1981년도에는 한국인 방문객이 거의 없었습니다.

　1981년 미국 LA에서 연수를 받을 때, 원자력발전소 납품업체인 해퍼 필터 공장의 품질관리 실태를 점검하기 위해 켄터키 주의 루이빌 시로 출장을 간 적이 있습니다.

　LA 공항에서 비행기를 타고 4시간 정도 비행한 끝에, 켄터키 루이빌 공항에 도착을 했습니다. LA에서 너무나 멀리 떨어진, 이곳 켄터키 주에 다시는 올 기회가 없을 것이라는 생각이 들자 이곳 루이빌 근처에 있다는 링컨 생가를 꼭 보고 싶었습니다.

 오전에 루이빌 공항에 내려 공항 직원에게 링컨 생가(Birth Place)의 위치를 물었으나 아는 사람이 없었고, 오히려 '링컨이 켄터키 주에서 태어났나?' 하는 듯하는 표정을 지으며, 링컨이 오랫동안 살아온 일리노이 주로 가보라 하는 사람도 있었습니다.

 이곳에 링컨이 태어난 통나무집이 있다고 확신에 찬 듯 보이는 나의 주장에 급기야 공항 직원 5~6명이 모여서 의논을 하기에 이르렀고, 결국 링컨 생가가 '마이 올드 켄터키 홈' 근처에 있다는 사실을 확인해주었으며 덕분에 나는 켄터키 옛집이 존재한다는 사실도 알았습니다. 공항에서 택시를 타고 30분 정도 가자 링컨 생가인 통나무집이 나타났습니다.

 이정표도 별로 잘되어 있지 않아 어렵게 찾아간 그곳에는 약 15평 정도가 될까 말까 하는 링컨의 생가라는, 작은 통나무 오두막집이 있었고 그 옆에는 링컨 생가보다 2배나 더 큰 기념품 가게가 있었습니다.
 링컨은 이곳에서 태어나 살다가 22살 때 일리노이 주로 이사를 갔습니다. 약 3마일(5.8㎞) 정도를 더 가니 켄터키 옛집(My Old Kentucky Home)이 보였습니다.

 1950년 중 후반, 우리 고등학교 시절 음악 시간에는 많은 세계 애창곡을 배우고 불렀는데 그중 〈켄터키 옛집〉, 〈올드 블랙 조〉, 〈스와니 강〉 등 미국 작곡가 스테판 콜린스 포스터의 곡을 많이 애창했습니다. 그런데 그 〈켄터키 옛집〉이 이곳 페더랄 힐에 실제 존재했고 나는 그곳을 방문하는 행운을 얻은 것입니다.

켄터키 옛집은 조금 전 본 링컨의 통나무 오두막집과는 크게 대비가 되는 2층 벽돌집의 대저택이라고 할 수가 있었습니다.

방문객이 나 혼자인데도 불구하고 50대쯤 보이는 관리인 아주머니께서 아주 친절하게 안내를 해주었습니다. 이곳의 대지(당시는 경작지)는 약 10에이커(약 12,000평)라고 하였습니다.

펜실바니아 주 피츠버그에서 태어난 포스터는, 이곳 켄터키 주 바드스타운(Bards Town) 페더랄 힐(Federal Hill)에 있는, 자기의 4촌 로완 판사가 사는 이 집에 자주 와서 작곡을 했으며, 〈금발의 제니〉도 이곳에서 작곡을 했다고 합니다. 그리고 이곳에서 어린 시절 에이브라함 링컨과도 많은 교류를 나누기도 했다고 합니다.

집에 들어가니 〈금발의 제니〉를 작곡했던 작은 방에 그가 사용하던 필기구와 피아노가 있었고 작곡한 악보 원본도 있었고 많은 사진 자료도 있었습니다.

그는 이곳의 넓은 농장에서 고된 일을 하고 있는 불쌍한 흑인 노예들을 보며 〈겐터키 옛집〉을 작곡했다고 합니다.

나오는 길에 당시에는 참 귀중했던 CD판과 소개책자도 받았습니다.

미국 흑인들의 아버지라 불리던 포스터는 노예해방을 촉발시켰던 헤리엇. E. 비처 스토아 부인의 소설 《톰 아저씨의 오두막(Uncle Tom's Cabin)》의 영향을 많이 받은 것으로 알려졌습니다.

이제 곧 아들이 다른 곳으로 팔려갈 운명에 처한 흑인 노예 엘리자는 아들을 데리고 도망을 갑니다. 자기를 잡으려는 노예 상인을 피해 아들을 안고 맨발로 얼음장이 된 오하이오 강을 건너는 장면이 있는 《톰 아저씨의 오두막》을 읽어본 사람이라면 노예해방을 반대할 사람은 없었을 것입니다.

포스터의 수첩에는 〈켄터키 옛집(My Kentucky Home)〉 노래의 원래 가사가 '불쌍한 엉클 톰 안녕(Poor Uncle Tom, Good Night)'이라고 되어 있다고 합니다.

1853년에 이 노래가 발표되자 많은 사람들이 애창했으며, 75년 후인 1928년 3월 19일에는 이 노래가 켄터키 주가(州歌, State Song)로 제정이 되었습니다.

〈스와니 강〉도 고향을 그리워하는 흑인들의 모습을 노래한 것입니다.

미국의 슈베르트요 미국 민요의 아버지라 불린 그는 아내, 제니를 위해 지은 노래 〈금발의 제니〉를 작곡한 후 1864년 38세의 젊은 나이에 세상을 떠났습니다.

그가 너무 흑인 노예들을 사랑했다는 이유 때문에, 어느 공원(기억이 나지 않음)에 세우려 했던 그의 동상 건립 계획이 백인 우월주의자들의 반대로 무산되었다고 합니다.

한 친구는 작곡을 통하여 노예 해방운동에 앞장섰고, 한 친구는 미국 제16대 대통령이 되어 흑인 노예들을 해방시켰습니다. 링컨의 노예해방 근저에는 이렇게 《톰 아저씨의 오두막》을 쓴 스토아 부인이나, 〈마이 올드 켄터키 홈〉을 작곡한 포스터와 같은 많은 사람들의 노력과 뒷받침이 있었던 것입니다.

학창 시절을 추억하며 〈켄터키 옛집〉의 가사를 적어봅니다.

켄터키 옛집에 햇빛 비치어
여름날 검둥이 시절
저 새는 긴 날을 노래 부를 때
옥수수는 벌써 익었다
마루를 구르며 노는 어린것
세상을 모르고 노나
어려운 시절이 닥쳐 오리니

잘 쉬어라 켄터키 옛집
잘 쉬어라 쉬어 울지 말고 쉬어
그리운 저 켄터키 옛집 위하여
머나먼 길 노래 부르리

이제 곧 어머니, 아버지와 헤어져야 할(노예로 팔려 가는) 운명인 것도 모르고 철없이 마루를 구르며 노는 어린것들을 묘사한 가사는 우리의 마음을 너무 슬프게 합니다.

고등학교 시절 열심히 원어(영어)로 이 노래를 가르치시던 윤○○ 영어 선생님과 같이 노래를 배우던 친구들이 눈에 어른거립니다. 이제는 많은 이들이 돌아올 수 없는 먼 길을 떠났습니다.

사라져가는 동요

늙으면 어린애가 된다더니 동요를 부쩍 많이 부르기도 하고 듣기도 합니다. 무의식 속에서 초등학교 5학년 시절(1952년)에 배웠던 〈고향 생각〉이란 노래를 흥얼거리고 있던 나는 불쑥 이 노래를 듣고 싶은 의식세계로 빠져듭니다.

제일 접하기 쉬운 유튜브에서 〈고향 생각〉을 클릭했습니다. 그러자 "해는 저서 어두운데 찾아오는 사람 없어"라는 현재명 선생의 〈고향 생각〉이 뜹니다.

노래 제목이 똑같으니까 그럴 수도 있겠다 생각을 하며 계속 노력을 해보았는데도 여전히 현재명 선생의 〈고향 생각〉이란 노래만이 검색됩니다.

뭔가 심상치 않다는 생각에 인터넷을 통하여 본격적으로 검색을 해보아도 결과는 마찬가지였습니다. 내가 듣고 싶은 노래는 초등학교 음악 교본에 수록이 되어 있던 다음과 같은 가사로 되어 있는 〈고향 생각〉입니다.

고향 생각

저 산 넘어 새파란 하늘아래는
그리운 내 고향이 있으련마는
천리만리 먼 땅에 떠난 이 몸은
고향 생각 그리워 눈물집니다

버들잎 둔덕에 모여 앉아서
풀피리 불어 주던 그리운 동무
지금은 어디서 무엇을 하나
생각사록 내 고향이 그립습니다

이때부터 각종 동요집과 자료를 찾아보고 동요연구회, 동요와 관련이 있음직한 단체 등에 문의를 하는 등 백방으로 노력을 해보았지만 과문한 탓인지 찾지를 못했습니다. 그러다 우연히 '선명회 합창단' 노래 중에서 이 노래를 발견했습니다.

조금 더 노력해본 결과 이 노래가 김루안 작시 박태현 작곡이라는 사실을 알아냈습니다. 김루안이란 분의 자료는 아직도 찾지를 못한 상태이며, 이 노래가 2008년 출간된 《박태현 동요집》에 수록이 되어있다고 하는데 아직 확인은 하지 못했습니다.

문화유산이라고 분류가 되어 있어서 그런지는 몰라도 수백 년 전 고구려, 백제, 신라 삼국이 정립(鼎立)되었던 시대의 향가, "가시리 가시리잇고 나난 바리고 가시리 잇고"라고 하는 〈가시리〉와 "살어리 살어리 랏다 청산에 살어리 랏다"라고 하는 〈청산 별곡〉 등도 잘 보존되어 있어 지금도 쉽게 찾아볼 수 있는데, 바로 비교한다는 것이 어폐가 있을지는 모르지만, 불과 70여 년 전에 그것도 정규 초등학교 음악교본에도 수록되어 있던 동요가 이처럼 찾기가 힘들고 사라져 가는 느낌에 큰 실망감과 아쉬움을 느껴습니다.

이 기회에 제가 어렸을 때 불렀던 노래 중 사라지고 소멸되어가는, 그러나 분명히 존재했던 동요를, 기억하고 계시는 분이나 또는 관심을 가진 동요연구가들께서 이들을 추적하고 발굴하고, 잘 정리해서 우리가 쉽게 접할 수 있도록 힘써주셨으면 하는 간절한 마음으로 이 글을 쓰게 되었습니다. 그리 오래되지 않은, 불과 70여 년 전에 불렸던 동요들이라 혹 기억하고 계시는 분들도 있을 수 있고, 자료를 발굴하기가 비교적 용이하지 않을까 생각을 합니다.

그렇게도 검색하기가 힘들었던 〈고향 생각〉이란 동요를 유튜브에서 클릭하여 자주 들으니 곧바로 '고향 생각-선명회합창단(후평초등학교 12회)'라는 영상이 유튜브에 등장했습니다.

노년에 들어선 나는 아내와 함께 70여 년 전에 불렀던 동요를 기억하며

당시를 회상해보곤 합니다. 그중에 극히 일부분만이라도 생각나는 동시
나 동요를 간추려보았습니다. 기억에만 의존하다 보니 틀리는 경우도 많
이 있으리라 생각이 됩니다.

가사 및 악보가 모두 존재하는 노래

별 삼형제

날 저무는 하늘에 별이 삼형제
반짝반짝 정답게 비취이더니
웬일인지 별 하나 보이지 않고
남은 별만 둘이서 눈물 흘리네

허사가

세상만사 살피니 참 헛되고나
부귀 영화 장수도 무엇하리요

(…)

(12절까지 있음)

가사는 있는데 악보를 찾아볼 수 없는 노래

새야 새야 파랑새야

새야 새야 파랑새야
녹두밭에 앉지 마라
녹두꽃이 떨어지면
청포장사 울고 간다

진달래

신고송

산비탈 양지에도 봄은 왔다고
진달래 분홍꽃이 피어납니다
나뭇군 점심밥도 양지쪽에서
진달래 향내 밑에
맛이 납니다

봄이 오면

이원수

나는 나는 봄이 오면
버들가지를 꺾어다가
피리 내어 입에 물고
라래라래 재밌어라

가사도 악보도 찾기 어려운 노래

아는 것이 힘

맑은 시냇가에서 고기 잡는 소년들
일할 때 일하고 배울 때 배우세
아는 것이 힘이요 배워야 산다

착한 아기 잠 잘 자는

착한 아기 잠 잘 자는 베갯머리에
어머님이 홀로 앉아 꿰매는 바지
꿰매어도 꿰매어도 밤은 안 깊어

기러기 떼 날아가는 잠든 하늘에
길을 잃은 부엉이가 홀로 앉아서
부엉부엉 울으니까 밤은 깊었네

가을밤

울밑에 귀뚜라미 우는 달밤에
길을 잃은 기러기 날러 갑니다.
가도 가도 끝없는 넓은 하늘을
엄마 엄마 찾으며 날러 갑니다.

노아방주가

노아 방주 나리던 날 여덟 식구 기뻐했네
노아가 보낸 비둘기가 소식을 전하였네
(…기억이 떠오르지 않음)
40일 40야 홍수 내려 ○○가 되었도다
노추하고 음탐하던 소돔 고모라 형불 보라
유황불이 떨어져서 사해가 되었도다

베드로가

새벽공기 희미한데 가야바의 궁전에
무죄하신 예수께서 잡혀 돌아가셨다
창생들아 창생들아 ~~~ (기억이 나지 않음)

눈 내리는 겨울밤

눈 내리는 겨울밤 차고도 찬 밤
감람나무 숲새에 눈꽃 피는 밤
하늘나라 천사가 노래하는 말
만왕의 왕 예수가 탄생하셨네
만왕의 왕 예수가 탄생하셨네

요즘 초등학교 학생들은 1950년 당시의 초등학교 학생들에 비해 동요를 많이 배우지도 부르지도 않는 것 같아 조금 아쉬운 마음이 듭니다.

서정적이고 아름다운 노랫말을 가진 동요만큼 우리의 마음을 안정시키고 순화시키는 것도 없을 것이라는 생각을 해보며 모든 것이 도시화된 삭막함 속에서 사는 어린이에게 어려서부터 아름다운 동요를 많이 부르도록 하면 좋지 않을까 생각을 해봅니다.

요즘 어린이들은 자연을 벗 삼을 기회가 점점 없어집니다. 시골에는 이제 더 이상 할머니 할아버지가 살고 계시지 않습니다. 여름방학에 시골 할머니 집에 다니러 간다고 자랑스럽게 하던 말이 반세기만에 없어졌습니다. 빨랫줄에서 바람에 나부끼는 하얀 빨래도, 그 위에 흔들거리며 앉아 있는 샛빨간 고추잠자리 모습도 볼 수 없고, 개울가의 가재도 버들강아지도 더 이상 없습니다.

자연 대신에 스마트폰, 인터넷, SNS 등과 가까이 지내기 때문에, 입시 위주의 공부 때문에, 우리의 어린 시절과 같은 고향의 서정적인 감정을 좀처럼 느껴보지 못하고 삭막한 도시 생활을 하는 요즘 어린이들에게 일종의 연민의 정을 느낍니다.

우리와 같이 자연을 벗 삼고 자연 속에서 행복하게 살았던 정서적 여유를 어린이들 마음속에 심어주고 싶은 심정입니다. 그 역할을 동요가 조금이라도 할 수 있지 않을까 생각합니다.

내가 배운 동요 중 가장 좋아하는 노랫말은 〈달맞이〉입니다.

(…)
비단 물결 남실남실 어깨 춤추고
머리 감은 수양버들 거문고 타며
달밤에 소금쟁이 맴을 돈단다
(…)

달 속에 계수나무와 토끼를 상상하며, 70년 전 초등학교 때에 배웠던 반달이란 동요를 부르면 마치 동심으로 돌아간 듯이 마음이 따듯해지고 편안해지고 정화되고 순수해지는 것을 느끼며 지금도 자주자주 불러보며 감회에 젖곤 합니다. 늙어 어린애가 된 탓인지도 모르겠습니다.

반달

푸른 하늘 은하수 하얀 쪽배에
계수나무 한 나무 토끼 한 마리
돛대도 아니 달고 삿대도 없이
가기도 잘도 간다 서쪽 나라로

4장

횡설수설

...

어머니들의 일생

참을 수가 없도록 이 가슴이 아파도
여자이기 때문에 말 한마디 못 하고
헤아릴 수 없는 설움 혼자 지닌 채
고달픈 인생길을 허덕이면서
아아 참아야 한다기에 눈물로 보냅니다
여자의 일생

가요무대에서는 주현미 씨가, 이미자 씨의 〈여자의 일생〉을 구성지게
부릅니다.

멜로디도 좋고, 음색이라 하는지, 음역이라 하는지, 키(Key)라고 하는지
아무튼 따라 부르기도 편안한데다 가사도 감동적이어서 이 노래를 즐겨
듣고, 애창합니다.

이 노래를 들을 때마다 수년 전 병원서 경험했던 황당한 사건(?)이 눈물
로 일생을 보냈던 우리 어머님 세대들의 가슴 아픈 질곡(桎梏)의 역사들과
오버랩되면서 가슴이 아려옵니다.

아침, 공복 상태에서 여러 가지 검사를 끝내고 병원 휴게실에서 커피를 마시고 있을 때였습니다.

할머니가 밀어주는 휠체어에 타고 한 할아버지가 왔습니다. 이 할아버지도 아침을 굶은 모양입니다. 할머니가 빵을 사오겠다고 급히 사라졌다가 빵 몇 개와 우유를 사들고 나타났습니다.

"단팥빵을 사 오지 누가 이따위 빵을 사 오랬어, 우유는 왜 사와. 콜라를 사 오지!"라고 하며 기차화통을 삶아 먹었는지 병원이 떠나갈 듯한 큰소리를 치면서 할아버지는 탁자 위에 있던 빵과 우유를 휙 쓸어버렸습니다. 할아버지의 격노의 무서움을 잘아는지 할머니는 단팥빵과 콜라를 사러 급히 사라집니다.

주위 사람들 모두 이 노부부에 시선이 집중합니다. 할머니는 연상인지 아니면 임금님(영감님과는 같은 남자 항렬입니다.)을 모시느라 늙었는지 할아버지보다 나이가 더 많아보였고 할아버지 얼굴은 심술궂은 톨스토이의 얼굴처럼 무서워 보였습니다. 톨 선생님의 노년의 인상은 인자한 편이 못됩니다.

우리 어머님 세대의 대부분 여인들은 빈부귀천에 상관없이, 전해 내려오는 사회관습인 남존여비(男尊女卑) 사상 속에서 고달프고 한이 많은 세상을 살았습니다.

옛날 어머니들이 인간답게 살 수 있었던 시기는 태어나서 출가하기 전까지가 유일하지 않을까 생각됩니다.

어머니들은 출가하는 순간부터 이 세상에서의 자아(自我)라는 개념은 무덤에 묻은 채 자신은 시댁의 귀신이 되기 위한 고달픈 인생을 살아가야 했습니다. 언감생심, 안방에서의 식사는 꿈도 꾸지 못하고 부엌에서 해결하는 여인들이 많았다고 합니다.

호랑이 같은 시어머니와 시댁 식구들의 혹독한 시집살이 등쌀에 눈물로 밤을 새우기 일쑤고, 심지어 친정 부모님 장례 예식을 제외하고는 친정에 가보지 못한 사람들까지도 있었다고 합니다.

가장 힘드는 일은, 남편도 자기편을 들지 못한다는 사실과 친정의 가풍까지 들먹이며, 마치 팔려온 몸종같이 무시하고 경멸하는 시댁 식구들의 태도였다고 합니다.

우리 민족의 고유 문화를 구성해왔던 주요 요소는 유교 문화와 불교 문화 그리고 무속 문화라고 말할 수 있을 것 같습니다. 기독교 문화는 구한말에 들어온 이래 이제 겨우 100여 년밖에 되지 않았습니다.

이 중, 옛날 여인들의 삶을 가장 힘들게 했던 것은 한국인들에게 뿌리 깊게 자리 잡고 있던 유교 문화의 일부분이라고 생각을 합니다.

유교 문화란 사서(논어, 대학, 중용, 맹자)와 오경(역경, 서경, 시경, 예기, 춘추)으로 이루어진 유교 경전에 기록되어있는 도덕과 윤리, 그로부터 파생된 모든 관습 등을 망라하여 지칭하는 것이라 말할 수 있을 것입니다.

유교 문화가 우리 민족사에 미친 선(善)의 영향이 지대하다는 것을 부인하는 사람은 거의 없을 것입니다. 그러나 모든 사물(事物)과 사안(事案)에는 빛과 그림자가 있듯이 유교 문화에도 어두운 그림자가 많이 있습니다. 그중에 가장 큰 적폐라고 할 수 있는 것이 당파싸움과 의리론 그리고 지나치게 엄격한 가부장적 제도와 이에 따른 남존여비 사상이라 하겠습니다.

남존여비 사상 중 대표적으로 꼽을 수 있는 것이 칠거지악(七去之惡)과 삼종지도(三從之道)입니다. 칠거지악이란 며느리를 합법적으로 내쫓을 수 있는 입곱 가지의 죄에 해당하는 조항입니다. 힘을 가진 사대부 사람들이 자신에 유리한 법을 만들어 놓고, 이 법을 이용한 소위 의법(依法) 횡포란 만행을 저질렀던 것입니다.

다음 일곱 가지 조항 가운데 한 가지라도 해당되면 며느리는 합법적으로 내쫓깁니다.

첫째, 자식(남자)을 낳지 못하는 죄

둘째, 음행을 범한 죄

셋째, 시부모를 섬기지 않는 죄

넷째, 말이 많은 죄

다섯째, 도둑질하는 죄

여섯째, 질투하는 죄

일곱째, 나쁜 병을 가지고 있는 죄

한번 전화기를 잡았다 하면 30분은 기본인 아내도 말이 많은 죄에 해당할는지 아리송합니다.

이 중 한 가지만이라도 해당이 되는 며느리는 말 한마디 못 하고 기세등등한 시댁 식구들과 나라님보다도 무서운 남편에게 쫓겨나, 가슴에 보따리 하나만을 달랑 품고, 출가외인이라는 냉정하고 추상 같은 친정아버지의 호령에 친정으로도 못 가고 눈물과 탄식으로 한이 많은 타향살이를 했어야 했습니다. 20~30년 전만 해도 우리는 이런 장면을 한국영화에서 쉽게 볼수 있었습니다.

1997년 KBS에서 방영된 드라마 〈아씨〉는 일생 동안 무조건 참으며 희생의 삶을 살았던 어머님의 일생 이야기를 잘 보여줍니다. 오래된 이야기가 아니고 바로 우리 어머니 세대에서 일어났던 일들입니다.

여기 한 가지가 더 있습니다. 바로 여성의 인권을 깡그리 빼앗아가는 삼종지도(三從之道)란 묘한 법입니다.

삼종지도란 어려서는 부친의 결정을 따르고 시집가서는 지아비(남편)를 따르고 지아비가 죽으면 아들의 전권을 따라야 한다는 것으로 여성이란, 자신의 의견 따위는 존재할 수도 없는, 일생동안 남자들의 의견만을 따라야 하는, 일종의 남편 종속물인 것입니다.

얼마나 한이 많은 인생이었겠습니까?

오죽했으면 이미자 씨가 부른 "눈물로 보냅니다. 여자의 일생" 하는 노래가 아직도 유행하고 있겠습니까?

숨 막히게 권위적인 가부장제도도 여성 비하에 한몫을 합니다. 염상섭이 쓴 《삼대(三代)》란 사회상을 그린 소설에서, 할아버지가 자수성가하여 벌어놓은 재산을 술과 노름으로 탕진하고 거기에 첩질까지 하는 아버지에게 자식은 "재하자 유구무언(在下者 有口無言)" 즉 "아랫사람인 자식이 무슨 말을 할 수 있겠습니까?"라고 하며 말 한마디 못 합니다.

"세자는 즉시 뒤주에 들어가렸다."라는 말 한마디에 아무 말도 못하고 뒤주에 들어가 죽어야 하는 무시무시한 가부장제도, 이런 권위적 가부장제도는 경직된 수직문화를 낳게 되고 수직문화에서, 자식은 시키는 대로만 할 수밖에 없는 영혼 없는 사람들로 성장하게 됩니다.

이런 기막힌 상황에서 어떻게 자식들이 부인의 편을 들 수 있으며 마음대로 부인을 사랑할 수 있었겠습니까?

이래저래 "참아야 한다기에 눈물로 보냅니다. 여자의 일생"이 아니겠습니까?

대명천지(大明天地), 요즘과 같은 세상에, 인공지능이 인간의 지능을 능가한다는 과학기술 시대에, 생뚱맞게 그런 구석기 시대적 유물과 같은 남존여비 사상과 가부장제도를 들먹인단 말이냐고 말할 사람도 있을지 모르겠습니다마는, 아직도 우리 주위에서 이런 사람들을 심심치 않게 볼 수 있습니다. 박물관 전시물이 부족한 사태는 오지 않을 듯합니다.

아내의 피눈물을 흘리게 한 원죄가 있는 대부분의 나와 동년배의 할아버지들은 회개하는 마음으로 온순하게 아내 앞에서 "분부대로 하겠사옵니다."라고 머리를 조아리고 있는 반면에, 아직도 남존여비 사상과 권위적 가부장제도의 조선시대에 살고 있는 것처럼 아내에게 거역해서는 안 되는 것 같은 명령을 내리는 용감무쌍한 사람들이 제법 있습니다. 나는 병원에서, 전철 안에서, 기타 공공장소에서도 그런 용사들을 가끔 봅니다. 안타까운 일입니다.

혹시라도 여인들이, 아내들이 "눈물로 보냅니다. 여자의 일생"이란 한(恨)의 노래를 부르는 일이 다시는 없어야 하겠습니다.

다음은 심순덕 시인의 〈엄마는 그래도 되는 줄 알았습니다〉라는 시의 한 구절입니다.

(···)

하루 종일 밭에서 죽어라 힘들게 일해도
엄마는 그래도 되는 줄 알았습니다.

(···)

찬 밥덩어리로 대충 부뚜막에 앉아
점심을 때워도
엄마는 그래도 되는 줄 알았습니다.

(···)

한밤중 자다 깨어
방구석에서 한없이 소리 죽여 울던
엄마를 본 후론
아, 엄마는 그래서는 안 되는 것이었습니다.

파당(派黨)과 의리

　한 물리학 교수가 학생들에게 질문을 했습니다.

　"바람이 몹시 부는 날 큰 독수리가 먹이를 찾으려고 비행을 하던 중 그 부근을 날고 있던 참새와 부딪혀 참새는 멀쩡하고 독수리만 떨어져 죽었습니다. 이를 무슨 현상이라 부를까요?"

　학생들은 "폭풍효과 현상입니다." "난기류 현상입니다." "나비효과입니다."라는 등 여러 가지로 대답을 했으나 교수는 한참 동안 침묵을 지키다 입을 열었습니다. "이상한 현상입니다."

　시류가 변해서일까, 가치관의 패러다임이 변해서일까 정치, 사회, 문화, 교육, 심지어 유일신을 믿는 종교에서까지도, 비상식(非常識)이 상식으로 통용되고, 불의가 정의로 해석이 되는듯한 이상한 현상을 많이 목격하게 됩니다.

　여러 가지 형태의 비상식적인 이상한 현상들 중에 가장 두드러지게 나타나는 것이, 지연 혈연 학연 사상 등에 따라, 네 편 내 편으로 파당을 지어 내 편은 선이고 네 편은 악이라는, 선악의 새로운 판단 기준인 것 같습니다.

내 편은 선이기 때문에 정의롭고, 네 편은 악이기 때문에 정죄를 받아야 하고, 계속 내 편에 서지 않는 것은 최악의 배신행위라는 이상한 논리가 꽤 넓게 퍼져 있는 것 같습니다.

철학적, 도덕적, 종교적, 또는 사회 통념(通念)적 기준에 근거하지 않고 네 편과 내 편이 선악의 기준이 되므로 이로부터 각종 이상한 현상이 일어나고 있습니다.

사회 곳곳에서 나타나고 있는 이러한 현상들을 가장 자주 볼 수 있는 분야가 정치 분야이고 국회입니다. 승부를 겨루는 어떠한 '링(Ring)'도 그곳에는 나름대로 지켜야 할 규칙이 있는 법인데 이 법을 잘 지키지 않으면서도 법을 만들 수 있다는 묘한 논리를 보이는 듯 하는 곳이 국회인것 같습니다.

여당과 야당이 정책을 통해 상호존중 속에 협력과 경쟁을 벌여가며 사회와 국가발전이라는 수레의 건전한 두 바퀴 역할을 하는 것이 민주주의 기본이라고 알고 있던 우리의 상식이 얼마나 잘못되었는지를 알게 하는 산 교육(?)의 장소로 변한 곳이 국회가 아닌가 싶습니다.

민의의 전당이라 불리는 민주주의라는 정치형태의 꽃이 만개해야 하는 곳으로 알려진 국회가, 이전투구(泥田鬪狗)와 같은 당파싸움이나 벌이며, 내 편이 공격을 받으면 이유 여하를 가리지 않고, 떼를 지어 무대포로 상대를 공격하는 장소로 전락한 듯 보입니다.

상대방에 대한 공격이 전혀 객관적이지 못하고 타당성이 없는데도 자기 편이니까 무조건 옹호하다 보니 아직까지 전혀 경험하지 못한, 이상하고 모순된 논리들이 맞지도 않는 새옷을 입고, 등장을 합니다.

이런 구파발파(?)와 말죽거리파(?)와의 투쟁을 보면 우리 조상들이 벌였던 당파싸움과 의리론이 떠오릅니다. 자세히 살펴보면 이 파당들의 두목들은 무지랭이들이 아니고 모두 학식이 꽤 있는 사람들이었습니다.

조선 제14대 왕 선조 때 지성의 두 거두 율곡 이이와 퇴계 이황이 성리학 해석에 차이를 보여 율곡 학파와 퇴계 학파로 나뉘게 됩니다. 율곡의 제자 심의겸과 그를 따르는 무리들이 경복궁 서쪽에 거주하는 고로 이를 서인이라 불렀고, 반대로 퇴계의 제자 김효원과 그를 따르는 무리들을 동인이라 불렀으며 이에 따라 우리나라 당파싸움의 시초가 되는 서인과 동인이 태동합니다.

이들이 상호 반목(反目)과 시기(猜忌)와 축출(逐出)을 반복해 가며 이합집

산을 거듭하다가 제17대 효종에 이르러서는 정철(鄭澈)로 대표되는 서인과 송시열(宋時烈)로 대표되는 동인 사이에 예송논쟁이라는 처절한 당파 싸움을 벌이게 됩니다.

예송논쟁(禮訟論爭)이란 왕실의 장례식에 대비(大妃)가 상복을 몇 년 입어야 하는 문제를 가지고 서인과 동인이 서로 귀양을 보내고 귀양을 가는 피터지는 싸움을 벌인 논쟁을 말합니다.

대비(大妃)가 상복을 1년을 입든지 2년을 입던지 그것이 백성의 삶과 무슨 상관이 있겠습니까? 자기들의 명분만을 주장하는 당파싸움에 몰두하다 80여 년 전에 임진왜란이란 큰 변고를 겪고서도 반성하는 기미가 전혀 없었습니다.

오늘날 국회에서 야당과 여당이 벌이는 당파싸움도 비슷한 것 같습니다. 국민의 삶과는 직접적으로 아무 관계가 없는, 자기 당에 유리한 국회 상임위 자리를 차지하기 위해, 대정부 질문에 자기 당에 유리한 증인만을 세우기 위해 도무지 협상과 대화와 운영의 묘라고는 찾아볼 길이 없이 이 전투구에 몰입하다 보니, 모든 것은 숫자가 우세하거나 힘이 센 편 마음대로인 것같이 비춰져서 국회운영의 모습이 오히려 초등학교 학생회의보다 훨씬 못하다는 평을 듣기도 합니다.

의리론(義理論)도 마찬가지입니다. 당파싸움에 반드시 따라 붙는 폐해가 어떤 경우라도 자기 편을 배반해서는 안 된다는 의리론입니다. 옳고 그름과는 아무 상관이 없이, 계속 자기 편을 들지 않으면 의리 없는 나쁜 배반자가 되기 일쑤입니다.

뭐가 의리이고 어떤 것이 배신인지 도무지 헷갈립니다. 의리의 사전적 의미는 "사람이 살아가는 데 마땅히 지켜야 할 바른 도리"이고 배반은 "믿음을 지켜야 할 대상을 등지고 저버림"이라고 되어있습니다.

이 의리론은 조금 더 역사가 깊어 조선의 성리학으로 거슬러 올라갑니다. 유교를 좀 더 조선화(朝鮮化)시킨 성리학의 시조는 정몽주이고 성리학의 기본양식은 의리론이라고 알려져 왔습니다.

예를 들면 고려 출신인 정몽주와 조선의 개혁가 정도전의 시비(是非)는 역사적 업적과 철학적 논리보다는 누가 더 의리가 있느냐로 선악(善惡)이 갈리고 의리를 지킨 정몽주가 선이 됩니다. 또한 신숙주는 정치적 업적과 통치철학은 아예 배제된 채, 사육신(死六臣)을 배신한 의리가 없는 나쁜 사람으로 정죄되었습니다.

사육신의 입장에서만 보면 성균관에서 동문수학하던 신숙주는 배신의 아이콘이 될 수밖에 없기도 합니다.

신숙주는 어린 단종 편에 서지 아니하고 수양대군(세조) 편에 가담함으로 성삼문 등 동문수학하던 사람들로부터 변절자로 낙인찍혀서 변하기

잘하는 녹두나물에 (신)숙주나물이란 별칭을 붙게까지 했습니다.

신숙주는 뛰어난 언어학자로서 훈민정음 창제에 큰 공을 세웠을 뿐 아니라 중국어와 몽골어와 일본어에도 능통하여 일본에 사신으로 다녀와서 일본의 생활상은 물론이고 일본의 강점과 약점까지도 정확하게 기록한 《해동제국기(海東諸國記)》를 쓰기도 했던 유능한 인재였습니다.

이 이야기를 하는 것은 어느 한 편의 편을 들고자 함이 아니라 모든 것에는 공(功)과 과(過)가 있는 법인데 사육신들이 훌륭하다 하여 즉 한편이 훌륭하다 하여 자동적으로 반대편은 악이요 무능으로 판단되어져서는 안 되고, 모든 것은 사안별로 판단되어져야 한다는 생각이 들기 때문입니다.

요즈음도 민의의 전당에서는 수시로 여당과 야당 사이에 당파싸움과 의리론이 강하게 작용하고 있습니다. 당론에 반대하는 의견을 제시하는 것은 배신자가 되는 지름길이요, 사안별로 이성적 판단을 내린다는 것은 애당초 꿈도 꾸면 안 되는 것이 현실입니다. 한번 우파면 모든 것이 우파적이어야 하고 한번 좌파면 영원히 좌파적이어야 합니다.

인간이 살아가는 데 파당까지는 어느 정도 피할 수 없는 면이 있다손 치더라도 전쟁이 아닌 다음에야 의리론을 들먹이며 획일적 사고를 강요하는 일은 없어야 한다고 생각합니다. 현대 사회는 다양성이 특징이라 할 수 있습니다.

 우리나라 역사 중 가장 큰 오점을 들라 하면 대부분의 사람들이 의리론이 작용했던 당파싸움을 듭니다. 역사에서 교훈을 얻지 못하는 백성에게는 미래가 없다는 말을 귀가 아프도록 들었습니다. 국립 중앙박물관 전시실은 의리론과 당파싸움의 미이라들을 전시할 공간이 충분히 있습니다.

 비상식이 상식으로 비춰지는, 이상한 현상이 일어나지 않는 사회를 꿈꿉니다.

문화 엿보기

1954년, 중학교 1학년 때 미국인 선교사가 사용하는 화장실을 보고 이상하다는 생각을 가진 적이 있었습니다. 의자에 구멍을 뚫은 변기를 본 것입니다.

1980년에 시작한 3년간의 미국 생활 동안, 미국 문화들을 접하면서 우리와 다른 이국적 문화에 대해 많은 관심을 가지게 되었습니다.

우리나라에서는 사람을 오라고 부를 때 손바닥을 밑으로하고 손바닥을 폈다 구부렸다 하는 데 반해 미국 사람들은 "워리워리" 하면서 강아지를 부르듯 손바닥을 위로 향하고 부릅니다.

미국의 응급전화는 911인 데 반해 우리나라는 119입니다.

우리 집 바로 앞에 공원이 있었습니다. 미국에 도착해서 첫 번째로 느낀 것이 공휴일마다 그들의 자녀와 함께하는 가족중심 놀이문화였습니다. 1980년 당시 한국에서 쉽게 볼수 있었던 두꺼비 병을 따가며 얼큰히 취해 그림 맞추기에 열중하는 어른끼리만의 좌판은 전혀 없고, 자녀와 같이하는 야구공 놀이, 후레스비 날리기, 때로는 아메리칸 풋볼(럭비공) 던지기 등 가족 운동 놀이가 주를 이루었습니다.

　어느 국가든 사회든 그들은 자신만의 독특한 문화를 가지고 있습니다. 그 문화는 지리적 여건인 기후, 언어, 신앙, 주변환경 등의 영향을 받으면서, 오랜 세월 동안에 형성되어지기 때문에 좀처럼 외부의 힘에 의해 쉽사리 변하지 않습니다. 역사를 살펴보면 때로는 서로 다른 두 문화가 충돌을 일으키는 경우도 있었습니다.

　일본 문화와 중국 문화는 우리 문화와 비슷한 동양권 문화이기 때문에, 서구 문화와 우리 문화와의 차이를 살펴보았습니다. 서구 문화와 우리 문화를 비교해보면 어떤 분야에서는 흥미로운, 상반된 면이 발견되기도 합니다.
　여기에 언급된 차이점들은 필자의 임의적, 주관적인 발췌임으로 여러 점에서 객관성이 결여될 수 있음을 전제합니다.

　서구 문화를 기독교 문화라 한다면 우리나라 문화는 무속 문화라 할 수도 있습니다. 기독교 문화가 들어온 지는 겨우 100여 년이 채 안 됩니다.
　2000년 기준, 통계청 발표에 의하면 개신교 목사 수는 약 4만 명으로 추정이 되는 데 비해, 경신회(敬信會)에 등록된 무당 수는 10만 명이 넘는다고 합니다.

서구 문화를 개인주의 문화라고 말한다면 우리나라 문화는 집단 문화라고 말할 수 있습니다. 빨간 악마의 예와 한류 문화의 중추적 역할을 하고 있는 방탄소년단이나 NCT 127 등 아이돌 그룹들이 여러 명의 구성원으로 이루어진 것도 집단 문화의 일례로 볼 수 있다는 생각이 듭니다.

서구 문화는 수평(垂平) 문화인데 반해 우리나라 문화는 수직(垂直) 문화로 윗사람의 생각이 아랫사람에게 강요되는 상의하달(上意下達) 문화입니다. 재하자 유구무언(在下者 有口無言)의 문화입니다.

음식 문화도 차이가 납니다. 우리의 음식 문화는 탕의 문화로 모든 재료를 합쳐 융합하여 만든 탕이라는 음식으로 한 그릇에서 퍼서 나누어 먹으며 숟가락, 젓가락을 사용하는 데 비해 서양문화는 음식을 개개인의 그릇에 담아 삼지창과 식칼을 양손에 휘두르며 먹는 무시무시한 문화입니다. 누가 뺏어 먹는 것도 아닌데, 음식을 먹다 잘못되면 칼과 삼지창에 찔릴까 겁이 나기도 합니다.

우리는 현관에서 신발을 벗고 집 안으로 들어가는 양반 문화이고 미국은 신을 신고 방에 들어가는 미개한(?) 문화입니다. 내 얘기를 들은 미국 친구는, 서부 개척시대 때 짐승과 인디언 등 적들의 공격에 신속히 대응하기 위해 신을 신고 잔 것이 그 유래라고 하면서, 나의 미개 문화라는 농담에 대응했습니다.

귀신 문화(?)도 다릅니다. 서구 귀신은 인간의 피를 빨아먹는 드라큘라요, 우리나라 귀신은 인간을 부자로 만들어 주는 인간 친화적인 도깨비입니다.

길의 문화도 다릅니다. 서구의 길은 "왔노라! 보았노라! 이겼노라!" 외치며 줄리어스 시저가 병거(兵車 Chariot)를 타고 달리던 전쟁의 길인 셈이고 우리나라의 길은 늙으신 부모님을 고향에 두고 떠나는, 신사임당의 대관령을 넘는 평화의 오솔길입니다.

문득 대관령 옛길에 세워진 신사임당의 시비(詩碑)가 생각이 납니다.

늙으신 부모님을 고향에 두고
홀로 서울로 가는 이 마음
돌아보니 북촌은 아득한데
흰 구름만 저 문산에 떠도네

하면서 신사임당이 걷던 평화로운 길이 우리나라 길입니다.

마무리 문화도 차이가 납니다. 미국에 살 때의 일입니다. 오래되고 낡은 거실의 카펫을 교체하는데, 키가 190㎝나 됨직하고 농구공을 한 손으로 잡을 만큼 큰 손을 가진 거구의 인부가 어찌나 정확하고 꼼꼼하게 일을 마무리하는지 답답하다는 느낌까지 받은 적이 있습니다.

세밀하고 논리적이고 정확한 이성적 문화가 서구 문화라면 우리나라 문화는 감성적이고 대충대충이라는 어찌 보면 여유 있는 문화라고 말할 수도 있습니다. "양말 네댓 켤레만 주세요." 하면 점원은 알아서 주고, 받아든 고객은 세어보지도 않고 대충 만족합니다.

봉평 5일장을 끝내고 대화장(평창군 소재)으로 가는 동안을 묘사한 《메밀꽃 필 무렵》에서 허생원은 조선달에게, 옛날 단 한번이고 마지막이었던 성서방네 처녀와 있었던 이야기를 끄집어내고, 같이 동행하고 있는 동이의 나이와 그때의 일을 연관 짓습니다. 동이가 어머니의 고향이 봉평이고 제천에서 출생했다는 것을 성서방네 처녀와 연결시킴으로 동이를 자기의 아들일 것이라는 암시를 독자에게 주고 나중에는 동이가 왼손잡이라는 것만으로 자기 아들이라는 확신을 하는 다분히 감상적이고 대충논리에 걸맞은 결론을 내놓습니다.

어떤 모임이나 단체에서 결산보고를 할 때 "대충 하고 식사하러 갑시다."라는 말을 자주 듣습니다. "이 문제는 이제 그만 대충 하고 넘어갑시다."라고 하며 재직회를 끝내는 교회들도 있다고 합니다. 그래서 국회에서 하는 예산심의도 점심을 먹으려고 대충대충 넘어가는 것은 아닌지 의심을 받기도 합니다.

자연에 접하는 문화도 차이가 납니다. 서구 문화는 개발을 통해 자연을 정복하고 가꾸어나가는 자연친화적 문화인 반면, 인간이 전혀 손대지 않는, 그대로의 자연을 고집하는 무위자연(無爲自然) 문화가 우리 문화입니다. "나물 먹고 물 마시고 팔을 베고 누웠으니 대장부의 살림살이 이만하면 족하도다."라고 읊고 사는 정(靜)적인 정신적 세계를 추구하는 문화가 우리 문화입니다.

터널을 뚫고, 운하를 파고, 아프리카의 희망봉을 돌아 인도에 그리고 미대륙에 이르는 길을 개척하여 전 세계를 자기들의 무역 대상으로 삼아 부를 축적하고 목숨까지 잃어가며 에베레스트산과 남극과 북극을 탐험하고, 인간의 DNA를 발견하여 인류발전과 100세의 장수 시대를 이룩한 근대화의 동적인 문화가 서양 문화입니다.

지금은 지구촌이란 용어가 등장할 정도로 세계는 좁아져서 가까운 이웃으로 변했고, 자기들만의 고유 문화들도 서로교환이 활발해져, 다른 나라의 문화도 쉽게 체험할 수가 있습니다.

찢어진 청바지에 햄버거가 우리 문화의 많은 부분을 침식하고 있는 반면에, 우리나라 불교의 참선 문화가 서구의 물질 문화 속으로 확산되어, 헤겔과 칸트를 주장하던 서양의 문화들이 지금은 '템플 스테이'라고 하여 우리 사찰을 찾고 있습니다.

문화는 저마다의 특색을 가지고 있는 형태이지, 호불호(好不好)의 대상이 아니듯 문화의 우월성은 비교할 수 있는 대상이 아니라는 것을 너무도 잘 압니다.

그런데 이 이질적인 두 문화가 때로는 상호 갈등을 야기하고 심할 때는 충돌까지 일으키기도 합니다.

불교 문화와 유교 문화가 또는 기독교 문화와 불교 문화가 서로 조화를 이루며 상생공존 하고 있는 반면에 때로는 이슬람 문화와 기독교 문화 관계처럼 상이한 두 문화가 충돌하는 경우도 있습니다.

자기 문화를 남에게 강요하기 때문에 벌어지는 일이라고 생각합니다. 십자군전쟁을 비롯해서 알카에다의 9·11 뉴욕 쌍둥이빌딩 테러 등이 그 일례일 수 있습니다.

기독교 장례문화와 유교 장례문화가 갈등을 빚었습니다. 1962년도 할머니의 장례식에서 있었던 일입니다. 장로님이셨던 작은할아버지 집례로 장례를 치르려 하는데 동네 어른들께서 유교적으로 하지 않으면 장례를 치룰 수 없다고 막무가내로 막으셨습니다. 나는 유교적 장례가 어떤 것인지는 모르지만(아마도 그 동네의 전통을 말하는 것인지도 모르겠습니다.) 술과 제례 의식 없이 찬송가와 기도로 하는 장례는 안 된다는 것입니다.

우리는 타지에서 이 동네로 이사 온 지가 5년 정도밖에 안 되었고 교회도 고개 넘어 다른 동네에 있었으며 전도사도 없고 교인도 10명 정도로 미약한 상태로 장례를 집례할 사람도 없기에 강화에서 오신 장로님이신 작은할아버지께서 집례를 하시게 된 것입니다. 이 동네는 전형적인, 완고한 유교 문화 집단촌으로 타 지역 사람에 대해 매우 배타적인 곳입니다.

유교 문화에 젖어있는 그들도 조상신 등 귀신이 있는 것은 알고 있을 뿐 아니라 신을 몹시 무서워한다는 것을 알고 있는 작은할아버지께서 "이 장례를 방해하는 사람들에게는 하나님의 무서운 천벌이 내릴 것"이라는 강단 있는 설득에 그들이 겁을 먹고 하나둘 물러났습니다.

호랑이가 담배 피던 시절의 이야기입니다.(그런데 호랑이가 담배를 피기는 피었나 봅니다. 호랑이가 담배를 피우는 그림이 꽤 많이 있으니 말입니다.)

자연친화적 문화이든 무위자연 문화이든 유교 문화이든, 이슬람 문화이든 기독교 문화이든, 가문의 관습이든, 사회의 전통이든, 문화의 차이는 서로 다름일 뿐이므로, 상호 이해속에 공존해야지, 나의 것을 타인에게 강요하여 갈등과 충돌로 이어져서는 안 된다는, 어찌 보면 하나 마나한 공자 말씀 같은 생각을 해봅니다.

독립문과 대보단(大報壇)

우리가 역사로부터 배울 수 있는 유일한 것은 우리가
역사에서 아무것도 배우는 게 없다는 사실이다.
－헤겔－

 진정으로 우리는 역사로부터 배울 것이 있다고 생각하고 있으며, 실제 배운 것이 있고, 또 배우려 하는 의지가 있는지 의문이 들 때가 있습니다.

 전철 3호선 독립문역 인근에 가면 독립문과 독립기념관 그리고 영은문(迎恩門) 기둥과 주춧돌의 흔적을 볼 수 있습니다.

 조선 제3대 임금 태종은 이곳에 중국 명나라 사신을 맞이하기 위해 중국을 사모한다는 뜻의 모화관(慕華館)을 세웠고, 제11대 중종은(재위 32년, 1537년) 그 앞에다 중국이 베푸는 은혜를 환영한다는 뜻의 영은문(迎恩門)을 세웠습니다.

 조선시대에는, 새 임금이 즉위하면 관례로 중국 사신이 조칙(詔勅)을 가지고 오고 임금은 친히 모화관까지 나와 이 사신을 맞이했다고 합니다.

이때의 조칙이란 중국 황제가 조선 임금에게 내리는 지시, 권고 또는 명령의 글입니다.

1896년(고종 33년)에 모화관(慕華館)을 사대사상의 상징물이라 하여 이름을 독립기념관이라고 개칭하고, 영은문(迎恩門)도 헐어버리고, 그 자리에 서재필 등의 독립협회 주관으로 지금의 독립문을 지었습니다.

의외로 많은 사람들이 독립문을 일본으로부터의 독립을 원하여 세운 것이라고 오해하고 있는 것 같습니다. 독립문은 중국으로부터의 독립을 기념하기 위하여 세운 것입니다. 어떤 연원 때문에 또는 어떤 목적으로, 선진 문명사회를 추구하던 선조들이 독립문을 세우게 되었는지 알고 싶었습니다.

삼황오제(三皇五帝)의 건국 신화 근거 위에 BC 2146년 하왕조(夏王朝) 건국으로 시작된 중국은, 춘추전국시대, 진시황의 진(秦)나라(BC 21), 촉한, 위, 오 나라의 삼국시대(220~280) 등 수많은 나라들의 흥망성쇠 시대를 거듭하며 수(隨)나라(581~618)와 당나라(618~907) 그리고 16개 나라의 군웅활거 시대를 거친 후, 징기스칸의 손자 쿠빌라이칸이 설립한 원(元)나라(1206~1368), 그다음 명나라(明) (1368~1644), 청(淸)나라 순서로 이어집니다.

을지문덕 장군의 살수대첩 상대였던 수(隋)나라와 안시성 싸움에서 고구려에 패한 당나라 때까지만 해도 우리나라와 중국은 특별히 주종관계로 언급할 정도의 특이성이 없는 대등한 일반적 국가관계를 유지했던 것 같습니다. 그러다가 왕건이 세운 고려(923~1392) 건국 93년 후에 징기스칸의 손자 쿠빌라이칸의 원(元)나라가 등장하면서 상황은 급변합니다.

원나라는 고려 23대 왕 고종 때(1217년) 고려를 침공하여 속국으로 만들고, 원나라 황제 쿠빌라이칸의 딸, 노국공주를 공민왕과 결혼시켜서 고려를 부마국(駙馬國), 즉 사위 나라를 만든 후, 36년간의 일제압정을 생각나게 할 만큼의 가혹한 내정간섭을 하며, 고려가 멸망할 때까지, 거의 83년간을 이어갑니다.

고려왕을 원나라에서 결정합니다. 원나라의 허락을 받아야만 왕이 될 수 있습니다. 왕명도 고려가 사용하던 조(祖), 종(宗) 대신에 원나라에 충성하라는 뜻의 충(忠) 자를 붙여 충렬왕, 충선왕이라 불렀습니다.
이런 관습은 이후 명나라 때까지 이어져 이씨 조선 내내 왕이 되려면 명나라의 허락을 받아야 했습니다.

고려 말부터 조선시대까지 약 400여 년을 우리나라는 중국의 허락을 받아야 왕을 세울 수 있었으니 완전히 중국의 속국이나 다름이 없었습니다. 광해군을 쉽게 왕으로 허락하지 않은 것이 대표적인 내정간섭입니다.

고려 충렬왕 때는 원나라에 공녀(貢女)를 바쳐야 했습니다. 공녀란 처녀를 진상하는 제도로 공녀로 바쳐진 처녀는 원나라의 궁녀가 되기도 하지만 대부분 노비로 팔려 가기도 합니다.

1275년(충렬왕 1년), 최초로 10명의 공녀를 바쳤습니다. 심지어 자기 나라 사람들을 위한 것이 아니라, 자기 나라로 항복을 해온 남송(南宋)의 군대 500명에게 처(妻)를 만들어 준다는 명목으로 공녀를 요구했고 처녀를 선발하기 위해 우리나라에 특별 관청까지 세우기도 했습니다. 일제 압제하에 있었던 여자정신대 모집을 생각나게 합니다.

고려의 군사도 최소한의 상비군만 남기고 나머지는 해산을 합니다. 1275년 8월 고려 정규군 4천 명을 제주도로 보낸 사실이 있습니다.

불교의 법회(法會)에서 고려 왕실의 안녕을 축원하기 이전에 먼저 원나라 황실의 안녕을 축원해야 했고 나라의 스승이란 뜻으로 스님 가운데 가장 인격이 고매하고 수행(修行)이 높으신 분을 지칭하던 국사(國師)라는 신분도, 명칭도 없애버렸습니다.

마치, 명나라를 치기 위해 길을 열어달라는 명분으로 일으킨 임진왜란과 비슷한 상황도 일어납니다. 원나라는 일본 침략을 위해 우리나라에 6천여 명의 군대를 주둔시키고 이들에게 군량미 제공을 위해 둔전을 두기도 했고 고려군에게 강제로 수백 척의 전함을 제작하도록 했고, 고려군 8천여 명을 징발하기도 했습니다.

원나라 멸망 이후, 명나라와 우리나라와의 관계는, 그리고 병자호란을 일으킨 청나라와의 관계는 우리나라에 잘 알려져 있습니다. 우리나라는 조선시대까지 명나라로부터도 속국 취급을 받아왔습니다.

얼마 전, 중국이 대한민국을 자기 나라의 일부라는 주장을 하고 있다는 뉴스를 본 적이 있습니다. 중국의 동북공정(東北工程)의 일환이라고들 했습니다. 우리나라의 민족이 한족(漢族)이라는 이유에서입니다.

김연아를 중국에 사는 조선족이라 표현하기도 하고 한복도 중국의 옷이라 하기도 하고 심지어 김치까지도 중국의 음식이라고도 합니다. 독도를 자기땅이라고 주장하는 일본과 무엇이 다른지 곰곰이 생각해보게 만듭니다.

중국 사대사상에 물들었던 우리나라는 중국 사신을 환영하기 위한 환영문(영은문)만 세운 것이 아닙니다. 국민에게는 잘 알려지지 않았지만, 우리나라의 대표적인 궁궐 창덕궁의 후원에는 명나라의 은혜에 보답한다며 명나라 황제의 제사를 지내던 대보단(大報壇)이란 사당까지 지었습니다.

대보단이란 임진왜란 때 우리나라를 도와주기 위해 이여송을 보낸 명나라 은혜에 보답하기 위해 1774년 숙종 때 설립해서, 철거될 때까지, 명나라 왕의 제사를 지내주던 곳으로 지금의 동묘보다도 큰 규모의 사당이었다고 합니다.

우리나라를 대표하는 최대의 궁궐에 이런 대보단을 지었다는 사실은, 그리고 조종에서 명나라 왕의 제사를 지내주었던 사실은 백번 양해한다 해도 우리가 지나치게 중국을 섬기는 사대사상이 심각했다는 것을 보여준 것이라고 생각합니다. 정확한 연도는 알 수 없으나 1895년 청일전쟁 이후에 대보단이 철거되었습니다.

최근 몇 년 사이에 일고 있는-역사성 타당성에도 부합하지 않는-지나친 친중 편향 분위기가 영은문을 헐고 건립된 독립문과 그 독립문에 깃들어 있는 독립정신을 다시 한번 되새기게 만듭니다.

현대와 같이 이해관계가 상충하는 복잡한 국제관계 속에서 아픈 역사만 수시로 끄집어내며 피해의식에 젖어 미래 지향적 국가발전에 역행을 하기보다는 어떤 국가와도 친밀한 관계를 유지할 필요가 있다는 데는 이의가 있을 수 없습니다.

그러나 임진왜란을 겪은 후에 다시는 수치스러운 역사를 되풀이하지 말자는 뜻으로 징비록을 작성한 것처럼 역사상 우리가 입은 뼈아픈 상처는 잊지 말고 반면교사로 삼아야 합니다. 그래야만 역사에서 진정한 교훈을 얻을 수가 있다고 생각을 합니다.

그렇지 못한다면 헤겔의 말처럼 우리는 역사에서 아무것도 배우지 못하는 우매한 사람이 될 수밖에 없습니다.

메멘토 모리(Memento Mori)

이집트 사람들은 친구와 헤어질 때 "메멘토 모리"라는 말을 한다고 합니다.

메멘토 모리(Memento Mori)란 라틴어로 "죽음을 기억하라"라는 뜻이라고 합니다.

인간은 죽는다는 것을 늘상 기억하면서 헛되고 헛된 부와 명예와 권력과 장수, 쾌락과 같은 욕망에 사로잡혀 이기적이고 무가치한 삶을 살지 말고 가치 있는 삶을 살아야 한다는 것을 일깨워주는 말이 아닐까 생각을 합니다.

나이가 나이인지라 하루에도 몇 번씩은 죽음에 대해 생각을 하게 됩니다. '사람은 죽으니까 언젠가는 나도 죽겠지.'라는 정도로 가볍게 생각한 죽음이 이제는 현실적인 심각한 문제로 다가옵니다. 연세가 좀 드신 분들의 수필을 보면 죽음이란 항목이 빠지지 않고 언급이 될 뿐만 아니라 큰 비중을 차지하고 있습니다.

그만큼 죽음이란 인생의 필수 과목인 듯 싶습니다. 따라서 나이가 들어서도 죽음이란 문제를 애써 외면하다가는 인생과목에 낙제점수를 받을지도 모릅니다.

죽음을 생각할 때마다, '죽음이란 무엇이고 나는 어떤 죽음을 맞이하게 될까?'라는 두 가지 주제의 질문에 봉착하게 됩니다.

'죽음이란 무엇일까?'라는 죽음에 대한 정의는 그야말로 백가쟁명(百家爭鳴)입니다.

공자까지도 "죽음이란 무엇입니까?"라는 제자의 질문에 "산다는 것도 모르는데 죽음을 어찌 알겠느냐."라고 했다는데 죽음에 대해 감히 이야기한다는 것이 어쩐지 외람되고 분수를 모르는 만용이 아닌가 생각이 들기도 하여 주저됩니다.

한 점이 점점이 이어져 선(線)이 되듯이, 삶(탄생)이란 점이 점점이 이어져 죽음에 이르는 것처럼 삶은 곧 죽음이요 죽음은 내가 살아있다는 사실의 확실한 증거가 아닐까 하는 생각이 듭니다. 죽음이 있다는 것을 알기 때문에 나는 살아있다는 것을 또한 확신하게 됩니다.

나는 죽음 예찬론자는 아닙니다. 하지만 죽음은 신의 선물이라는 생각을 합니다. 탄생이 신이 주신 축복이듯이 죽음 또한 신이 주신 축복이라고 생각을 합니다. 죽음 없이 육신으로 영원히 사는 삶은 아무리 생각해도 행복한 삶일 수 없다는 확신이 듭니다. 죽음이 없다면 탄생은 저주일 수밖에 없을 것입니다.

죽음이 신의 선물인가 아닌가는 그 사람이 처한 환경에 따라 달라질 수 있습니다. 참척(慘慽)이나 요절(夭折)을 당하신 분들에게는 죽음이 선물이 될 수는 없겠습니다. 그러나 신이 주신 삶을 끝내도 섭섭지 않을 연세에 전혀 희망이 보이지 않는 힘들고 어려운 고통중에 있는 분들에게는 죽음이 선물일 수 있습니다.

덴마크의 철학자 키에르 케고르는 "인생에서 가장 고통스러운 체험 중 하나가 죽기를 바라는데도 허락을 받지 못하는 것"이라고 했습니다.

죽음이 있기에 우리의 존재가, 삶이 더욱 소중한 것입니다. 죽음이 있다는 삶의 유한성 때문에 우리는 시간의 소중함을 느끼며 한 순간이라도 헛되이 소비하지 않고 가치 있게 보내게 됩니다. 죽음이 있기에 오히려 내일 지구의 종말이 오더라도 오늘 한 그루의 사과나무를 심을 수 있지 않을까 생각을 합니다.

죽음은 삶의 질을 높여줍니다. 죽음은 우리에게 사랑을 일깨워주고 도덕적, 윤리적 가치관을 일깨워줍니다. 새는 죽음을 당하면 그 소리가 슬프고 사람은 죽음을 당하면 어진 말을 남긴다고 합니다.

또한 죽음은 이승 삶의 종말이자 저승 삶의 시작이라고도 생각할 수 있습니다. 영의 세계를 빼놓고 죽음을 말한다는 것은 공허한 일이라는 생각이 듭니다. 호흡이 멈추는 것만을 죽음이라 한다면 인류창조 이래 지금까지 죽음에 대한 논의가 계속되어 왔을 리가 없습니다.

성경에는 육신의 죽음이 끝나면 갈 수 있는 하늘나라가 언급이 되어있습니다. 예수님이 승천하실 때 "너희가 있을 곳을 예비하러 가노라 천국에는 너희가 거할 곳이 많도다"라고 말씀하셨습니다.

육신의 삶은 끝나더라도 영적인 삶은 계속이 된다는 확신을 주신 말씀입니다.

그런데 죽음에 대해 생각을 하다 보면 심오한 철학적, 종교적 의미의 고찰보다는, '나는 어떤 죽음을 맞이하게 될까?' 하는 형이하학적, 물리적 죽음에 더 관심이 많이 갑니다.

나는 어디서 죽음을 맞이하게 될까? 집에서, 혹은 병원에서? 사계절 중 또는 24시간 중 어느 때에? 봄 또는 밤중에? 별안간, 혹은 산소호흡기와 심장박동기 등을 몸에 주렁주렁 매달은 채, 누구 앞에서, 아내와 자식들의 기도 속에?

죽음 그 자체에 두려움을 느끼지는 않지만 죽기 전까지 겪어야 할 고통에 대하여는 솔직히 걱정이 되기도 합니다.

죽음을 생각할 때 통상적으로는 천수를 다하고 큰 고통 없이, 혹은 있다고 해도 잠깐 경험한 후 잠자는 듯 편안히 가는 고상한 죽음을 상상합니다.

그런데 호스피스 관련 의료인들의 말에 따르면 차마 옆에서 지켜볼 수 없이 심한 고통을 겪으며 죽어가는 임종도 많이 있다고 합니다.

김수환 추기경님도 죽음에 이르는 과정에서 엄청난 고통을 감내하셨다고 합니다. 그러면서도 의연하게 조용히 죽음을 받아들였다고 합니다. 그의 수발을 들었던 주교님의 이야기를 들은 적이 있습니다. 그는 "하나님 추기경님을 이렇게 닦달을 하시면 우리 같은 사람은 얼마나 닦달을 하실른지 모르겠습니다."라고 했다 합니다.

이런 죽음을 생각하면 은근히 걱정이 되고 가족들 앞에서 의연하고 고상한 죽음을 보여줄 수 있을지 걱정이 됩니다.

나이가 들어서 해야 할 일 중 하나는 삶의 아름다운 마무리입니다. 요즈음은 어떻게 잘 사느냐 하는 웰빙(Well-being)만큼이나, 어떻게 하면 잘 죽느냐 하는 웰다잉(Well-dying)에 대한 관심이 많아지고 있습니다.

웰다잉이란, 죽음에 직면했을 때의 상황이나 태도가 기준이 되는 것이 아니라 어떠한 삶을 살다가 가느냐, 어떠한 흔적을 남기고 가느냐 하는 것이, 즉 삶의 질이 웰다잉의 판정 기준이 된다는 생각을 해봅니다.

노년에 이를수록 죽음과 친숙해져야 합니다. 죽음을 생각하고 준비를 해야 합니다. 물론 죽음을 생각하면 위안이 되기도 하고 한편 두려운 마음이 들기도 합니다. 겪어야 할 고통도 솔직히 조금 두렵기도 하고 사랑하는 사람들과의 이별이 두렵기도 하고, 영원히 세상에서 사라지는 것이 아쉽기도 합니다. 하지만 이 또한 신이 주시는 선물이라는 생각을 한다면 모든 것을 극복하고 조용히 받아들일 수 있는 것 같습니다.

노년에 이를수록 가치 있는 삶을 살아야 하고 그러기 위해서는 죽음에 친숙해져야 합니다. 죽음은 항상 우리의 삶 곁에 있습니다.
"이제는 갑시다."라고 조용히 속삭이면 선뜻 와줄 수 있는 가까운 거리에 있는, 어찌 보면 우리와 가장 친근한 것이 죽음인지도 모르겠습니다. 행복은 우리가 강을 건널 때는 같이 가려 하지 않습니다. 하지만 죽음은 언제든지 부르면 달려와 산(山)까지도 같이 가줍니다.

삶은 우리가 생각하기도 전에 이미 맞이한 어찌할 수 없는 현실이라는 생각이 들기도 하겠지만 죽음은, 우리가 깊이 생각하고 준비할 수 있는 여지가 있는, 또 준비해야만 하는 중요한 사안입니다.

"특별히 죽기에 좋은 날은 없다."라는 인디언 격언처럼 죽음은 고운 날 궂은 날을 가리지 않고 항상 우리 곁에서 준비를 하고 기다리고 있습니다.

자기 판단에 이제는 가야 할 때가 되었다고 생각하는 사람들은 언제, 어떤 곳에서, 어떤 모습으로, 죽을지를 미리 생각해보는 것도 성숙하고 의미 있는 삶이라고 생각합니다. 어떤 이는 일부러 관 속에 들어가서 죽음을 느껴보기도 했으며, 그 후 삶의 질이 달라졌다는 기사를 읽은 적이 있습니다.

임종을 많이 경험한 의사들에 따르면 명예와 권력에 그리고 부에 집착하는 사람일수록, 그리고 권위적이고 자기만 아는 이기적인 사람들일수록 죽음을 받아들이기 어려워하며 심한 고통을 겪는다고 합니다.
죽음을 준비한 사람들은 별로 고통을 느끼지 않고 또는 고통을 잘 이겨내며 편안하고 의연하고, 조용하게 죽음을 받아들인다고 합니다.

고령의 나이에 접어들었으며 육신의 질병으로 심한 고통을 받고 있는 나는 메멘토 모리라는 말을 생각하며 위안을 받곤 합니다. 고통이 끝이 있다는 것을 다시 한번 상기할 수 있기 때문입니다. 그리고 남은 시간이나마 소중하게 보낼 수 있기 때문입니다.

하나님이 주신 선물인 죽음을 편안히 받아들이기 위한 준비를 하는 삶이 아름답습니다.

메멘토 모리!

버킷 리스트

1813년 보나파르트 나폴레옹의 100일 천하가 끝나고 부르봉 왕조(루이 18세)가 복고할 때에 있었던 일입니다.

나포레옹 잔존 세력을 제거하는 과정에서 이름도 보나파르트 나폴레옹과 같은 이름의 나폴레옹이란 장교가 총살형에 처하기 직전, 최후로 하고 싶은 일이 있으면 말하라는 사형집행자의 말에, 자기를 향한 저격수들의 발포명령을 자기가 직접 내릴 수 있게 해달라고 부탁을 했고 집행자는 이를 허락했습니다.

교수대에 서서 저격수들을 향해 나폴레옹은 명령합니다.
"받들어 총!"
"겨눠 총!"
"발사!"
"탕탕탕탕!"
나폴레옹의 몸은 축 늘어졌습니다.
그러나 나폴레옹은 죽기 전에 하고 싶은 일을 성취한 것입니다.

버킷 리스트란 죽기 전에 꼭 해보고 싶은 일들을 적어놓은 목록을 말하며 원래의 뜻을 그대로 직역하면 버킷(Buket), 옛날 일본식 발음으로 하면 물동이(바켓쓰) 또는 물통 목록이란 뜻입니다.

옛날 중세시대에 죄인을 처형하는 방법 중 가장 많이 쓰이는 방법이 교수형인데 형틀에 줄을 묶어 끝에는 매듭을 만들어 죄인 목에 건 다음 죄인이 밟고 있는 발판을 치워버리면 죄인은 공중에 매달린 채 죽습니다.

이때 죄인이 밟고 있는 발판으로 버킷(물통)을 사용했는데 버킷을 제거하기 전 교수형 집행자가 마지막으로 원하는 것이 있으면 말해보라고 하고 그 목록을 적었다고 하는데 여기서 유래하여 죽기 전 마지막으로 하고 싶은 목록을 버킷 리스트(Bucket List)라고 했다고 합니다.

버킷 리스트란 인생을 살아오면서 해보지 못한 일들 가운데 가장 후회가 되고 지금이라도 꼭 해보고 싶은 일들을 말하는 것입니다.

품위 있게 늙어가면서 자기의 살아온 삶을 반추해보고 사색의 시간과 자성의 시간과 만족의 시간을 가지며 즐겁게 살 수 있는 방법에는 자서전을 쓰거나 유서를 미리 작성해보거나 버킷 리스트를 작성하여, 계속 추가 수정해나가는 것만 한 것이 없다고 노년의 작가들은 말합니다.

버킷 리스트 중에는 자서전을 쓴다든지 유서를 작성해본다든지 하는,

건강 상태와 경제적 상태의 영향을 크게 받지 않는 사항도 있지만, 대부분의 버킷 리스트는, 탐험을 떠난다든지 먼 곳으로 여행을 한다든지 하는 육체적 건강 상태와 경제력의 뒷받침 등이 충족돼야 하는 사항들이 많은 것 같습니다.

어느 미국인이 'My Life List'라고 하여 정한 127개의 항목을 보면 나일강, 아마존강, 북극, 남극 탐험하기서부터 콩고, 호주, 케냐 등 세계의 문화 공부하기, 에베레스트, 맥켄리 등 세계의 명산 등반하기, 셰익스피어, 톨스토이의 문학작품 읽기 등 다양한 항목이 포함되어 있지만, 자기 할머니의 고향 찾기, 만리장성 가보기 등 대부분이 여행에 관계된 항목이 많았습니다.

탐험같이 욕심이 나는 항목도 있지만 걷기에 좀 불편한 나의 버킷 리스트 중에는 희망사항으로만 끝날 수밖에 없는 부분이 많이 있는 것 같아 아쉬움이 있습니다.

명재상 황희 정승과 이이(李珥) 이율곡과 신사임당의 유적지가 있으며, 임진왜란 시 불을 놓아 선조의 피난길을 밝혔다는 유적 화석정(花石亭)이 있는 파주를 가보고 싶습니다.

임진왜란 때 의병을 일으켜 싸운 구국의 고승 사명대사가 수도한 금강

산 보덕사와 그의 얼이 서려있는 밀양의 표충사를 가보고 싶습니다.

무학대사의 출생지, 경상남도 합천군 삼기면을 가보고 싶습니다. 그곳에는 무학의 탄생전설이 살아있는 곳입니다. 무학이 산에서 태어날 때 주위에서 학이 춤을 추고 있어 무학(舞鶴)이라 했는데, 대사가 나중에 스스로 배운 것이 없다는 뜻의 무학(無學)이라 했습니다.

고승이 된 무학이 고향, 합천을 방문했을 때 할머니들이 이곳에는 물이 잘 나오지를 않아 우물을 팔 수가 없다고 하는 말을 듣고 무학대사가 한 곳을 지정하여 파게 하니 물이 철철 흘러나오고 사람들은 이 우물을 무학정이라 했다 합니다.

대사는 이 우물을 바라보면서 후에 이 우물이 큰 물에 잠기게 될 것을 예언하며 한탄을 했는데 나중에 정말 합천저수지가 생겨, 무학정이 물에 잠길 위기에 봉착하자 박정희 대통령이 이 사실을 알고 저수지 둑을 우물 위로 설치하도록 지시하여 무학정은 저수지에 잠기지 않고 지금도 존재한다고 합니다.

문화 유적지를 방문하고 싶습니다. 우리 학창 시절에 큰 감명을 주었던 〈모란이 피기까지는〉의 김영랑 유적지가 있는 전남 강진을 가보고 싶고, "어머니가 만일 구름이 된다면……// 바람 잔 밤하늘의 고요한 은하수를 저어서 저어서/ 별나라를 속속들이 구경시켜 줄수가 없습니까?/ 어머니가 만일 초승달이 된다면……"이라는 <나의 꿈을 엿보시겠습니까?>의 시인 신석정의 문학관이 있는 전북 부안군도 방문하고 싶고 정철의 자취가 있는 보길도도 가보고 싶습니다.

70살이 되던, 2010년에 집을 모두 과감하게 정리한 후 세계일주를 시작하여 멕시코, 아르헨티나, 이탈리아, 영국, 아일랜드, 모로코, 포르투칼 등 9개국을 여행한 린마틴과 틴마틴 부부의 《즐겁지 않으면 인생이 아니다 (Home Sweet Anywhere)》라는 책이 월스트리트 저널에 기사가 실리며 많은 화제를 불러일으켰던 적이 있습니다.

거기에 재미있는 이야기 하나가 나옵니다. 멕시코에서 시골길을 달리다 보면 송전선 위에 운동화가 걸려있는 곳이 있는데 그 운동화는 누가 잘못 던져 걸려있는 것이 아니고 이곳에서는 얼마든지 마약을 구입할 수 있다는 표시로, 이 지역을 통과할 때는 특별히 조심을 해야 한다는 내용이었습니다. 여행은 반복되는 일상으로부터의 일탈이라기보다는 상상했던 미지의 세계에 대한 모험이며 삶에 대한 활력소이기도 합니다.

학창 시절, 순수한 사랑 속으로 나의 마음을 빼앗아갔던 단편소설, 《별》의 무대 배경인 뤼브롱 산이 있는 알퐁스 도데의 고향, 프랑스 남부의 프로방스 '퐁비에뉴'에 가서 양을 치는 외로운 목동과 주인집 아가씨 스테파네트와의 순수한 사랑을 느껴보고 싶습니다.

"만일 한 번만이라도 밤을 새워본 일이 있는 분이라면 인간이 모두 잠든 깊은 밤중에는 또 다른 신비로운 세계가 고독과 적막 속에 눈 뜬다는 것을 알고 있을 것이다."

그때 목동은 생각한다

'저 숱한 별 중에 가장 가냘프고, 가장 빛나는 별님 하나가 그만 길을 잃고 내 어깨에 내려앉아 고이 잠들어 있노라고.'

시니컬한 묘비명으로 유명한 루마니아 '서픈차' 마을에 있는 망자묘(Marry Cemetery)를 가보고 싶습니다. "죽은 것이 아니라 다만 잠들어 있을 뿐입니다." "돼지 도살을 많이 한 탓인지 죽음이 43세 되는 나를 땅에 묻는구나. 정말 더 살고 싶다."와 같은 묘비명이 수없이 많은 묘지라고 합니다.

이곳에서는 메멘토 모리(Memento M0ri), 당신은 죽는다(You must Die)라는 인간의 유한성을 재삼 실감할 수 있을것 같습니다.

어렸을 때는 《보물섬》이라는 모험 소설로 성장해서는 《지킬 박사와 하이드 씨》 소설로 내 마음을 사로잡았던 루이스 스티븐스의 고향, 영국의 에든버러와 그가 생을 마감하고 영면하고 있는 남태평양 사모아를 방문 그의 생애를 한번 회고해보고 싶습니다.

고등학교 시절, 좀 우울한 멜로디라고 생각했지만 좋아했던 솔베이지의 노래를 작곡한 그리그의 고향, 노르웨이 북서부에 위치한 베르겐을 방문하여 현지에서 솔베이지의 노래를 들어보고 싶습니다.

체코를 방문하여 드보르작의 흔적들을 찾아보고 그의 대표작 오케스트라《신세계》를 듣고 싶습니다.

꿈속에 그려라 그리운 고향
옛 터전 그대로 향기도 높아
지금은 사라진 동무들 모여
옥 같은 시냇물 개천을 넘어
반딧불 쫓아서 즐기었건만
꿈속에 그려본 그리운 고향

이 가사로 우리가 고등학교 시절에 많이, 그리고 즐겨 불렀던 노래입니다.

80이 넘은 나이이지만 역사학, 심리학을 공부하러 외국 유학을 가고 싶기도 하고 세네갈의 디카르에 가서 아프리카 노예들이 유럽과 아세아와 남북 아메리카로 팔려 나가던 애환의 장소도 가보고 싶습니다.

예수님께서 무거운 십자가를 지고, 곧 처형당할 장소인 골고다 언덕까지 걸어간 수난의 길, 비아 돌로로사(Via Dolorosa)를 걸으며 예수님을 못 박은 사람이 로마 총독 빌라도인지 아니면 예수를 따르던 종교인 무리들인지 곰곰이 생각해 보고 싶습니다.

　요즈음은 한창인 젊은이들조차 자신의 버킷 리스트를 언급하곤 하는데 버킷 리스트란 용어를 쓰지 말고 앞으로 꼭 해보고 싶은 일들이라는 표현으로 대치하였으면 하는 마음입니다.

5장

미국 서부 여행기

...

미국 서부 여행

여행은 편견과 완고함과 좁은 마음에 특효약이다. 일평생 지구촌
한구석에서 초목처럼 생활해서는 사람과 사물에 대해 폭넓고, 건
전하고 관대한 관계를 얻을 수 없다.

– 마크 트웨인 –

초등학교 시절의 소풍, 고등학교 시절의 수학여행, 신혼여행 그리고 성
장해서 갖는 출장여행과 관광여행 등 여행이란 단어는 항상 설레임을 동
반합니다.

살아가는 방식이 저마다 다르듯이 여행을 하는 이유도 제각각인 것 같
습니다. 아름다운 자연풍광을 즐기고 싶은 마음에서, 역사 현장을 보고
싶은 마음에, 새로운 것을 보고 느끼면서 알게 모르게 형성된 편견과 고
정관념에서 벗어나 사물과 사람에 대해 폭넓은 이해와 인식을 얻기 위해,
여행을 떠나기도 합니다. 미지의 세계에 대한 막연한 동경 때문일 수도
있었습니다.

어쩌면 먹을 것을 얻기 위해 혹은 잠시이지만 좋은 주거를 위해 자연환경에 따라 이리저리 옮겨 다녀야만 했던 원시인의 생활 패턴에서 기인한 조상의 DNA로부터 물려받은 방랑벽 때문에 아무 이유 없이 떠나기도 합니다. 단순히 쳇바퀴 돌듯 하는 단조로운 일상에서 일탈하고 싶은 마음에서 떠나기도 합니다.

"그냥 바람 좀 쐬려고."라고 말을 하고는 훌쩍 떠나는 사람도 있습니다. 그런데 어떤 경우가 되었든 이제는 바람 좀 쐬려가기도 점점 힘들어집니다.

노화현상이란 불청객이 거동 불편이란 명목으로 찾아와서, 노년에 가질 수 있는 여행이란 낭만마저도 즐길 수 없도록 훼방꾼이 되어갑니다. 아내나 나나, 나이가 들어가면서 여행에 대한 열정이 점점 식어갑니다.

지금으로부터 5년 전인 2017년의 일입니다. 아내의 칠순에 자유여행으로 미국 서부를 다녀왔습니다. 여행을 다녀온 후 차일피일하다가 한참 늦은 후에야 기억을 더듬어 정리를 하게 되었습니다.

점점 거세지는 망각이란 파도에 휩쓸려 기억의 흐름은 계속 쇠잔해가기만 하고, 기다리고 있는 종착역 버스를 타야만 할 시간은 점점 다가오고, 정해진 남은 시간의 여유도 시나브로 축소되고 있는 마당에, 남은 세월 동안, 생각이 날 때마다 사진첩을 들추어보듯 추억을 소환해보려고 지난 흔적들을 되살려 기록해 놓아야겠다는 생각이 들었습니다.

아내의 칠순이 다가오자 자식들이 여행을 다녀오시라고 했습니다. 나이가 들어서 그런지, 별로 가고 싶지 않아서 그런 것인지 아내의 반응은 가타부타 말이 없는 별무신통(別無神通)입니다. 그러자 둘째 아들이 미국 서부를 다녀오시면 어떻겠느냐고 제안을 합니다. 며칠 뜸을 들이던 아내가, 옛날 미국 살 때 다니던 곳이라면 한번 가보겠노라고 했습니다.

이번엔 내가 난색을 표했습니다. 옛날의 그곳들을 대충만 돌아보려해도 최소한 2주일은 소요될 뿐 아니라, 자동차로 장거리를 운전하기에는 이제 힘이 부친다는 나의 말에 둘째 아들 부부가 자신들이 모시고 가겠다고 하였습니다.

반갑기도 하고 고맙기도 하면서 안심이 되기도 해서, 척추관 협착증으로 몸이 불편한 나는 집에 있을 테니 셋이 다녀오라고 하였습니다. 그러자 아버지가 안 가시면 어머니가 가시겠느냐고 하는 바람에 결국 둘째 부부와 아내와 나 이렇게 4명이 함께하는 여행길에 오르게 된 것입니다.

우리는 첫째가 초등학교 1학년, 둘째가 유치원에 다니던 1980년부터 3년간 미국 LA 카운티에 있는 다우니 시티에 살면서 미국 서부여행을 많이 다녔습니다.

가보기가 쉽지 않은 거리인 와이오밍 주의 옐로스톤 국립공원과 사우스 다코다 주의 러시모아 마운틴 국립공원까지도 섭렵을 했습니다. 러시모아 마운틴은 4명의 미국 대통령 얼굴이 조각되어 있는 곳입니다.

이번 여행은 캘리포니아 주 샌프란시스코에서 출발하여 - 요세미티 국립공원 - 세콰이어 - 베이커스필드 - 데스 밸리 - 네바다 주 라스베이거스 - 후버댐 - 유타 주 자이언 캐년 - 아리조나 주의 페이지 - 홀스슈 벤드 - 앤티롭 캐년 - 모뉴먼트 벨리 - 레이크 하바수 시티 - 루트 66박물관(킹스 뮤지움) - 캘리포니아 주 LA에서 귀국하는, 15일간 약 4,000㎞에 이르는 장거리 여행입니다.

샌프란시스코

10월 26일(목)

2017년 10월 26일 목요일 오후 4시(한국 시간)에 인천국제공항을 출발하여 약 10시간의 비행 끝에 같은 날 10월 26일 목요일 아침(미국 시간) 샌프란시스코 공항에 도착했습니다.

자동차로 이곳을 방문해본 적은 있었지만, 비행기로는 방문하기는 이번이 처음입니다. 비행기에서 내려다보는 샌프란시스코는 어딘지 모르게 오래된 도시인 것 같은 느낌이 들었고, 첫 번째로 눈에 들어오는 것은 항구 도시답게 인공 부두들이었습니다.

샌프란시스코 공항, 헤르츠(Hertz) 렌터카에서, 앞으로 긴 여행에 발이 되어줄 SUV 차를 빌렸습니다. 10월 31일이 할로윈 데이라 렌트카 사무실에는 새까만 옷을 걸친 해골 귀신 장식들이 걸려 있습니다. 고객을 상대하는 회사 사무실에 그런 흉물스런 물건을 걸어 놓는다는 것이 선뜻 수긍이 가질 않습니다.

10월 말 할로윈 데이가 가까워지면 미국 곳곳은, 우리나라의 저승사자를 연상케 하는 시커먼 모습의 갈비뼈와 해골 그림이나 조각품들을 많이 볼 수가 있으며 그런 그림의 망토를 걸치고 다니는 사람들을 종종 볼 수가 있습니다.

차를 타고 공항을 빠져 다운타운으로 진입하려니까 벌써 언덕이 나타나면서 샌프란시스코가 작은 언덕으로 이루어진 도시라는 것이 실감이 납니다.

샌프란시스코(San Fransisco)는 글자 그대로 성인, 성 프란치스코의 이름을 따서 지은 도시로 스페인의 영토였다가 멕시코의 영토로, 그리고 1850년 공식적으로 미국 영토가 되었습니다.

샌프란시스코는 우리나라의 초기 이민자들이 첫발을 디뎠던 미국의 첫 관문지로, 그리고 스콧 맥킨지란 가수가 부른 "샌프란시스코에서는 머리에 꽃을 꽂으세요(If you're going to San Francisco. Be sure to some flower's in your head)"라는 노래와, 백설희가 부른 〈아메리카 차이나타운〉이란 노래로도 우리에게 잘 알려진 친숙한 도시입니다.

샌프란시스코에는 유명한 아메리칸 풋볼팀인 포리나이너스(49ers)가 있습니다. 이 49ers는 샌프란시스코의 역사와 관련이 있습니다.

1848년에 네바다 산맥 기슭에 있는 '유로마'라는 마을에서 금광이 발견됐다는 소식이 미국 동부에 전해지자 금을 캐기 위해 많은 사람들이 서부로 서부로 몰려듭니다. 횡단열차가 없던 시절이라 사람들은 마차를 이용하기도 했지만 그보다는 빠르기도 하고 안전하기도 한 배편을 이용하여 최남단 남미의 혼곶을 돌아 샌프란시스코항에 도착했습니다.

그런데 금광이 발견된 해는 1848년이지만 동부에서 이곳까지 오는 데 소요되는 시간 때문에 대부분이 1849년에야 도착했으므로 이들을 49년에 온 사람들이란 뜻으로 49ers라 불렀습니다.

1850년대까지 금을 찾아 샌프란시스코로 이주한 사람이 약 25만 명이나 된다니, 지금의 인구가 약 90만 명 정도(2017년 통계)인 것을 감안하면 엄청난 숫자입니다.

공항을 떠나 리치몬드 지역에 있는 슈퍼 8 모텔(Supper 8 Motel)에 오후 1시쯤 도착해서 여장을 풀고 미국에서의 첫 점심을 슈퍼 두퍼(Supper dufer) 버거로 시작했습니다.

저녁에는 부두 구경을 했습니다. 부두 39(Pier 39)를 구경하면서 크랩 하우스(Crab House)에서 유명한 게 요리도 맛보고 일광욕을 즐기는 바다사자들도 구경했습니다. 바다사자들이 매우 행복하고 자유스러워 보입니다.

부두는 회전목마도 있고 네온사인 불빛 등 40여 년 전보다 많이 변했습니다. 석양빛에 멀리 보이는, 아직까지 한 명도 탈출한 죄수가 없다는, 유명한 알카트라즈 감옥이 있는 알카트라즈(Alcartraz) 섬이 무척 외롭고 쓸쓸하게 보입니다.

10월 27일(금)

아침 일찍 일어나서야 내가 미처 생각을 하지 못했던 현실에 부딪혔습니다. 그동안 아침이 제공되는 큰 호텔에만 머무르며 출장을 다녔던 것만을 생각하고, 아침 식사 준비를 미처 생각하지 못했습니다.

다행히 며느리, 혜진이가 누룽밥을 끓여가지고 왔고 앞으로 계속 누룽지로 아침 식사를 준비하겠다고 합니다. 이렇게 세세한 부분까지 생각을 했다니 얼마나 고맙고 다행한 일인지 모릅니다. 앞으로 아침 식사는 걱정 안 해도 될 듯합니다만, 여행을 와서까지 시부모 아침을 챙기는 일을 하게 된 혜진이에게 너무 미안함과 고마운 마음이 들었습니다.

아침 식사 후 모텔에 차를 세워두고 우버 택시로 유니온 광장에 갔습니다. 샌프란시스코를 대표하는 것 중에 케이블카가 있습니다. 케이블카라 하면 공중에 매달려 가는 것으로 오해할 수도 있지만 이곳의 케이블카는 케이블로 당기는 힘에 의해 레일(rail) 위를 달리는 궤도차를 말합니다. 외형은 옛날에 서울에서 운영되던 전차와 너무나 흡사한 모습이었습니다.

케이블카 맨 앞에는 그립맨이라는 운전기사가 있는데 다음 정거장 이름을 육성으로 말해줍니다. 다음 정류장에서 하차하고 싶으면 차내에 있는 줄을 당기면 됩니다.

이 차가 종점에(케이블카 턴어라운드 포인트) 도착해서 큰 회전판 위에 올라서면, 자동이 아닌 사람의 힘으로 차 회전판을 돌려 다시 오던 방향으로 진행방향을 바꿔줍니다.

나는 여행 중에 종종 주접을 떱니다. 출장에서 귀국하는 비행기에서 쓰러져 기장이 급히 의사를 찾는 방송까지 하는 소동도 벌이기도 하고 시카고 출장 중에는 쓰러져 병원 신세도 진 적이 있습니다.

병원에서는 과로라고 하면서 처방도 주지 않았습니다. 점심에도 깨지 않고 하루 종일 잠만 자고 나오면서 300불이란 거금을 갈취당하기도 했습니다.

이번 여행에서도 예외는 아닌 듯합니다. 유니언 광장(Union Square)에서 케이블카를 타고 가던 중입니다. 갑작스런 복통에 그만 차를 내려 길옆 버스정류장 의자에 쓰러졌습니다. 행인들이 걱정을 표합니다. 하늘이 빙빙 돌고 구토가 일어나 손을 입에 넣고 강제적으로 토해보려고 해도 물한 방울 나오지 않고, 바늘은 없고 마침 혜진이가 가지고 있던 굵은 옷핀으로 손톱 근처를 사정없이 찔렀으나 피 한 방울도 비치지 않았습니다.

아마 급체를 한 모양입니다. 죽을지도 모른다는 생각도 들었으나 나는 무슨 일이 있어도 살아야 했습니다. 이곳에서 죽으면 영사관에 연락도 해야 하고, 사망진단서 발급 등 복잡한 문제가 가족들을 괴롭힐 것이고 게다가 시신을 한국까지 운반하려면 수억 원이 들어갈 수도 있습니다. 죽기에는 아내에게 눈치가 보입니다.

아들 내외가 병원에 가자고 성화를 하지만 병원에 가면 이번 여행을 망칠 수도 있습니다. 나를 모텔로 데려다놓은 후 약을 주고 안정을 취하라고 한 후 아들은, 아내와 혜진이가 걱정하며 기다리고 있는 유니온 광장으로 다시 갔습니다.

이제부터 일주일 정도를 시골길만 가야 하는데 내가 잘 버텨낼 수 있을까? 오늘이 여행 첫날인데 하는 생각에 나 혼자 택시를 타고 공항으로 가서 비행기로 귀국하고 싶은 마음이 굴뚝 같았지만 차마 분위기 깨는 말을 할 수가 없습니다. 그러면 애들과 아내만 남아서 마음 편히 여행을 계속할 수 있겠습니까?

가족들 또한 불편할 텐데도 나에게 불평 한마디 없이 걱정을 하며 신경을 써줍니다. 가족의 사랑을 새삼 느낍니다.

그래도 내가 모텔에서 약을 복용하고 쉬는 동안 아내와 애들이 금문교,
그레이스 대성당, 코이트 타워(Coit Tower), S자형 롬바드 스트리트, 꽃길
구경 등 그날의 일정을 소화할 수 있어서 다행이었습니다.

요세미티, 세쿼이아, 데스 밸리 국립공원

10월 28일(토)

오전 8시에 샌프란시스코를 출발해서 여러 지방도로를 거친 후, 120번 국도를 이용하여 요세미티 국립공원으로 향했습니다. 우리가 가야 할 방향과 조금은 같은, 산호세 근처에 큰 산불이 일어났다는 뉴스가 있었습니다.

약 3시간 정도 달리자 (오전 11시 40분경) 파이오니어 빌리지(Pioneer Village)라는 중국 요리집이 보여, 모처럼 입맛에 맞는 요리로 뇌와 식도와 위장을 즐겁게 해주었습니다. 4명이 각각 한 가지 요리를 시켰는데 역시 혜진이의 요리가 가장 맛이 있었고 늘상 그렇듯이 내가 선택한 요리는 제일 맛이 없습니다.

주유소 편의점에서 지도(Free map)를 찾다가, 에너지충전 음료라고 써있는 썬업(Sun Up)이란 드링크를 보고는 미국에도 이런 게 다 있나 싶어 사서 마셔보았는데 우리나라 박카스 맛과 비슷했습니다. 힘이 나는지는 모르겠고 시원하긴 했습니다.

충분한 휴식 후, 다시 출발을 해서 요세미티 계곡 전체를 가장 잘 볼 수 있는 터널 뷰(Tunnel view) 포인트에서 구경을 했습니다.

요세미티는 739m 높이의 폭포, 그 밑을 흐르는 강, 세쿼이아 숲, 트래킹 코스, 해발 3,998m에 이르는 등반 코스 등, 박정희 대통령께서도 극찬했다는-종합 레저를 즐길 수 있는 아름다운 곳입니다.

40여 년 전에는 폭포 밑에 가까이 가서 흐르는 물에 손을 씻기도 했는데 오늘은 일정이 빡빡한 관계로 41번 국도를 타고 요세미티 남쪽 끝부분에 있는 세쿼이아(Squoia) 국립공원을 향했습니다.

세쿼이아 국립공원은 세계에서 가장 키가 크고, 수령이 오래된 세쿼이아 나무로 이루어진 삼림(森林)으로 어떤 나무는 밑동에 있는 구멍으로 자동차가 통과할 만큼 큰 나무입니다.

190번 국도로, 숲 중앙으로 들어가는데 얼마 전에 있었던, 며칠간 계속된 화재의 여파로 길이 차단되어 다시 돌아나왔습니다.
나무는 기둥이 모두 새까맣게 탔습니다. 그런데 이 나무는 수피(樹皮)가 몹시 두꺼워 웬만한 화재에는 수피만 피해를 입기 때문에 나무가 좀처럼 고사(枯死)하지는 않는다고 합니다.

65번 국도를 이용, 오후 6시에 베이커스 필드(Bakers Field)의 베가본드 인(Vagabond Inn) 숙소에 도착했습니다. 이름은 베이커스 필드인데 빵하고 관련이 있는 것은 아무것도 볼 수 없었습니다.

저녁은 마침 숙소 근처에 있는 일식집에서 아내는 우동, 나는 볶음밥을 시켰는데 중국집도 아니고 일식집에서 볶음밥을 시킨 것이 잘못이었습니다. 삼킴장애 때문에 밥이 잘 넘어가지 않아 아내의 우동을 넘보다가 마치 아내 음식을 뺏어(?) 먹는 모양이 돼버려 아들한테 핀잔을 들었습니다.

오늘도 아들은 온종일 운전을 했습니다. 이 근처에 김진홍 목사님이 시무하시는 교회와 관련이 있는 두란노 농장이 있다는 사실을 나중에 알았습니다.

10월 29일(일)

아침 8시 20분에 데스 밸리를 향해 출발을 했습니다. 미국 LA에서 3년을 살 동안 많은 곳을 다녀보았지만 데스 밸리 국립공원은 이번이 처음입니다. 그래서 둘째가 빠듯한 일정에도 불구하고 이곳을 이번 여행계획에 포함시킨 것 같습니다.

오늘도 아침에 혜진이가 애써서 해주는 누룽밥으로 배를 채우고 오전 8시에, 데스 밸리를 향해 출발을 했습니다. 지루할 정도로 곧은 길을, 2~3시간 달리니 주위에 사막이 나타나기 시작합니다. 리즈크레스트 (Ridgecrest) 지역을 지나는데 우측으로 무슨 해군 기지라는 낡고 작은 표시판이 서 있었습니다.

'쏠지베리 피어슨 빌'인가 기억이 확실치는 않지만, 아무것도 보이지 않는 황량한 이런 사막에, 그것도 육군 기지가 아닌, 해군 기지라니 의아심이 들었지만, 이 근처에서 갑자기 휴대폰이 먹통이 되었다가 20여 분이 지나 그곳을 벗어나자 휴대폰이 다시 작동하는 것을 보고, 확실히 군인 기지가 있기는 있나 보다 생각이 들었습니다.

비밀기지에서 통신 방해 전파를 쏘는 것 같습니다. 군사에 관한한 세계 최고의 비밀을 많이 간직하고 있는 나라인지라 이해가 되었습니다. 미국 육군 훈련소도 모하비 사막에 있었고, 택사스 미사일 기지도 사막가운데 있다는 소리를 들은 적이 있습니다.

이곳을 한참 벗어나서, 우측으로는 끝없는 소금밭만 보이는 사막을 지나자 소금공장이란 빛바랜 간판이 서있는 썰즈 밸리(Searles Valley)라는 작은 마을이 나타났습니다. 이런 사막 가운데의 작은 마을인데도 주유소와 편의점은 있습니다.

시간은 11시가 가까워지고 데스 밸리를 통과하는 동안 식사할 만한 곳이 없을 것 같아 이곳 푸드마켓에서 샌드위치와 브리또로 간단히 점심을 끝내고 주유를 한 다음 다시 출발을 했습니다.

약 40분을 더 가니 데스 밸리 입구 표시판이 나타납니다. 이곳에서 잠시 휴식을 취한 후 계속 둘째가 운전을 했습니다. 힘든 둘째 대신에 교대로 운전을 하려고 나도 국제면허로 면허증을 갱신, 준비를 했는데도 선뜻 마음이 내키지 않아 둘째가 계속 운전을 합니다.

아득히 멀리 아마르고 산맥만 보일 뿐 주위에는 피로를 덜어줄 만한 경치도 없고, 아지랑이만 이글거리는 사막뿐, 운전하기에는 너무나 피로한 길입니다. 표시판이 서있는 입구에서 한 시간 정도를 더 가다가, 얕은 언덕을 넘으니 스토브 파이프 웰(Stove Well)이란 주유소가 있는 작은 마을이 나타납니다.

미국에 살지 않는 사람이 이곳을 방문하기란 거의 불가능한 지역이라, 동료 친지들을 위해 10불 내외의 작은 기념품을 구입했습니다. 이곳에서 혜진이가 그림자만 보이는 예술 사진을 찍었습니다. 이제 본격적으로 이름도 끔직한 죽음의 계곡, 데스 밸리를 통과해야 합니다.

데스 밸리는 동쪽의 아마르고 산맥과 서쪽의 페너민트(panamint) 산맥 가운데 있는 세계에서 가장 낮은 지역의 하나로(이스라엘의 사해는 해저 400m인데 이곳 깊은 곳은 해저 850m라고 함) 정말로 모래와 소금밭만 있는, 폭이 좁은 곳은 6㎞이고 넓은 쪽은 25㎞이고 남북으로는 220㎞가 넘는 엄청나게 큰 사막과 소금 계곡으로서, 대부분은 캘리포니아 주에 펼쳐있고 극히 일부는 네바다 주에 위치하고 있습니다.

한여름에는 섭씨 58.3도까지 올라가기도 하여 무모한 도보여행을 하다가 죽은 사람도 있는 그야말로 죽음의 계곡입니다. 그런 이유로 미국 살때도 이곳은 오지 않았던 곳입니다.
다행히 여행을 경고하는 기간인 6~8월이 끝나고 10월이니 우리 네 사람의 목숨은 별일 없을 것입니다.

사막을 가로지르는 데만 약 두 시간 소요되어, 2시 10분에야 전망이 가장 좋다는 단테스 뷰(Dantes View)에 도착하였습니다.
결국 우리는 목숨이 붙어있는 채로 죽음의 계곡을 통과한 셈입니다. 아내의 생일을 축하하려다 황천객이 된다는 것은 말이 되지를 않는 것입니다.

이곳 단테스 뷰에서 바라보는 계곡은 정말 장관이었습니다. 끝없이 펼쳐진 소금밭이 빙판같이 보이기도 하고 맑은 호수같이 보이기도 합니다. 단테스 뷰는 네바다 주에 속합니다. 이곳을 출발해서 끝없은 모하비 사막을 2시간 정도 달려 라스베이거스(Las Vegas)에 도착했습니다.

모하비 사막은 모래로만 이루어진 사막이 아니라 30~40㎝ 정도 크기의 관목으로 덮혀있는 마치 옥토로 변하고 있다는 느낌을 주는 사막입니다.

라스베이거스

10월 29일 아침 8시 20분에 베이커스 필드를 떠나 데스 밸리를 경유하여 오후 6시에 라스베이거스에 도착했습니다.

우리가 투숙할 스트라토스피어(Stratosphere) 호텔은 라스베이거스 야경을 볼 수 있는, 최고 높이의 스트라토스피어 타워(Stratosphere Tower)가 있는 호텔입니다.

호텔에 여장을 풀고 잠시 휴식을 취한 후 태흥각에서 짬뽕과 마파두부로 저녁 식사를 하고 벨라지오 호텔 분수쇼를 구경했습니다. 옆으로 시저스 펠리스 호텔이 보입니다. 이 호텔은 조지 포먼, 무하마드 알리 등 유명 권투선수들의 시합이 열렸던 유명한 곳으로 우리나라 김득구 선수가 죽기 전 미국 선수 맨시니와 경기를 가진 곳도 이곳입니다.

라스베이거스는, 1885년에 몰몬교도들이 거주하며 인디언들의 선교지 역할을 했고, 1905년 LA와 유타 주의 솔트레이크 시티 간의 철도가 개통되자 발전하기 시작한 도시입니다.

1930년도 후반, 47㎞ 거리에 있는 후버댐이 건설되자 도시가 급격히 팽창하였으며, 도박이 합법화되고 그 후 카지노와 고급 호텔이 들어서 세계적인 휴양도시가 되었습니다.

근처에 후버댐, 데스 밸리, 자이언 캐년, 그랜드 캐년 등 풍부한 관광지를 가지고 있어, 관광의 거점으로서의 역할도 하고 있어 우리나라는 물론 전 세계의 관광객들이 즐겨 찾는 곳입니다.

나는 미국 생활을 하는 동안 한국에서 오는 VIP들의 안내를 위해 이곳을 여러 번 방문했었습니다. 이곳은 LA로부터 약 500㎞ 떨어진, 자동차로 5시간 정도 거리입니다.

10월 30일(월)

아침에 호텔을 출발하여 약 50분 만에 후버댐에 도착했습니다. 후버댐은, 록키 산맥에서 발원하여 그랜드 캐년을 통과한 콜로라도 강을 네바다주와 아리조나 주의 경계 지점인 블랙 캐년에서 막아서, 1935년에 만든 높이 221m, 길이 411m의 거대한 댐입니다.

이 댐은 미국 제 32대 플랭클린 루스벨트 대통령이 뉴딜(New Deal) 정책의 일환으로 건설했으며 이 댐의 건설에는 112명의 인명이 희생됐습니다.
이 댐으로, 길이가 185㎞에 이르는 미드호(Lake Mead)라는 어마어마한 크기의 인공호수가 생겨났고, 이 호수는 네바다 주와 캘리포니아 주 그리고 아리조나 주에 용수를 공급하고 있습니다.

서울에서 흔히 볼 수 있는, 여기저기 땅을 파헤치는 모습을 미국에서는 좀처럼 보기가 힘듭니다. 미국의 관광지의 모습은 좀처럼 변하지 않는 데 반해 이곳이야말로 40여 년 전에 비해 엄청나게 변했습니다. 댐을 전체적으로 내려다볼 수 있게 높은 곳에 새로운 도로와 웅장한 다리가 건설되었습니다.

이곳에서는 댐 전체와 댐으로 생긴 미드호를 한눈에 내려다볼 수 있습니다. 전에는 댐 위의 도로를 이용하여 양쪽 주(州)를 왕래하였던 것으로 기억하는데 지금은 댐을 전체적으로 내려다볼 수 있는 도로와 다리가 두 주(아리조나 주와 네바다 주)를 연결하고 있습니다.

방문자센터도 확장되었고 구역 내 가로등에는 모두 태양광 발전을 위한 소형의 집열판이 설치되어 있습니다. 레이크 뷰(Lake View) 전망대에서 바라보는 인공호수 미드호는 마치 바다 같습니다.

후버댐 관광을 한 후 시내로 돌아와 한국 마트에 있는 푸드 코트에서 각자 흩어져 음식을 주문했습니다. 나와 혜진이는 순두부를 시켰습니다. 순두부가 너무 싱겁습니다. 뜨거운 것을 식히기 위해 찬물을 조금 부었는데 좀 많이 부었던 것 같습니다. 혜진이의 순두부는 맛이 있어 뺏어(?) 먹었습니다. 또 핀잔을 들었습니다.

저녁 후 나는 피곤하여 호텔에서 쉬고 아내와 애들은 미라지 호텔의 화산쇼를 관람하러 나갔습니다.

10월 31일(화)

오전에 시내 거리를 구경한 다음 유명한 시저스 팰리스 호텔의 바카날 뷔페(Bacchanal Buffet)를 갔습니다. 여러 나라의 음식을 선택해 먹을 수 있는 규모가 어마어마한 식당입니다.

국제공항이 있는 도시에 온 것을 아는지 샌프란시스코에 이어 또 나의 위장이 주접을 떨기 시작하였습니다. 거금을 들여서 모처럼 풀코스 식사를 즐기려고 식당에 입장, 좌석을 잡은 후 일단 각 나라의 어떤 음식이 준비되어있는지를 돌아보는 중 내 머리가 돌기 시작했습니다.

하늘이 노랗게 보이고, 빙빙 돌며 어지러워 쓰러질 것만 같습니다. 복통 같기도 하고 두통 같기도 하고 정확히 어디가 아픈지도 잘 모를 정도의 고통이었습니다.

할 수 없이 아내와 혜진이만 식당에 남겨놓은 채, 그 보암직도 하고 먹음직도 한 많은 음식을 뒤로한 채, 아들 차로 호텔로 돌아왔습니다.

아들은 아내와 혜진이가 기다리고 있는 식당으로 돌아갔고, 약을 복용후 쉬는 동안 내 머리에는 또다시 시신 운반 방법에 관한 생각들이 떠오릅니다.

무던히도 가족을 걱정시키고, 특히 나를 태우고 왔다 갔다하는 둘째에게 너무 고생을 시킵니다. 아내 앞에 특히 면목이 서지를 않습니다.

은퇴기념 유럽 패키지여행 중에도 이런 일이 있었습니다. 몇 나라를 거친 후에 이태리 밀라노 관광 중, 내가 심한 복통과 어지러움을 느끼는 바람에 애석하게도 아내에게 주어진 피사의 사탑 관광 기회를 빼앗아 버렸습니다.
이렇게 계속 주접을 떨다가는 앞으로 남편으로서의 발언권이 남아있게 될는지도 잘 모르겠습니다.

나를 호텔로 데려다주고 둘째는 식당으로 다시 돌아가 아내와 혜진이가 일정을 마치도록 했습니다.
나는 호텔에 편지를 써놓고, 택시를 타고 공항으로 가서 비행기로 귀국하고 싶은 마음이 다시 들었습니다. 하지만 차마 그럴 수가 없었습니다. 나만 편하자고 귀국을 해버리면 안 되는 것입니다.
국제공항이 있는 샌프란시스코에서 그런 일이 있었고, 시골길을 통과할 때는 아무 문제가 없다가 다시 비행장이 있는 이곳에서 이 같은 일이 일어나는 것은 아프면 언제든 귀국할 수 있다는 안도감에 긴장이 풀어져 그런 것은 아닌지 모르겠습니다.

40여 년 전에는 내가 운전하는 차를 타고 라스베이거스를 구경하던, 유치원생이던 둘째가 이번에는 우리를 차에 태워 구경을 시키다니 참 감개무량하고 빠른 세월을 다시 한번 실감하게 됩니다. 나이를 먹는다는 것이 반드시 쓸쓸한 것만은 아닌 것 같습니다.

내가 호텔에서 쉬고 있는 동안 둘째와 혜진이가 아내를 이곳저곳, 옛날엔 미처 보지 못하였던 곳을 모시고 다녔나 봅니다.
프리몬트 스트리트의 LG 전구쇼도 보고, MGM 호텔쇼도 보고, 슬롯머신도 즐겨 보고, 하겐다즈 아이스크림 스타박스 커피도 즐기며, 일정을 즐기며 소화할 수 있어서 다행이었습니다.

40여 년 전 이곳에서 MGM 호텔쇼를 본 후부터는, 웬만한 인공적인 쇼에는 별로 흥미를 느끼지 못하기 때문이기도 하고 피곤하기도 해서 나는 계속 호텔에서 쉬었습니다. 아내를 위한 여행이니 아내가 즐거워하는 것으로 충분히 만족합니다.

나의 한 친구는 출장 가서 그 나라에 남길 수 있는 것이 무엇일까 생각하다 목욕을 하며 때를 남긴다고 하였습니다. 나는 고통이란 추억을 남길니다.

아쉬운 점은 슬롯머신에서 동전이 떨어지는 "쨍그랑" 소리를 듣지 못하고 떠나게 되는 것입니다.

자이언 캐년, 홀스슈 벤드,
엔티로프 캐년, 그랜드 캐년

11월 1일(수)

아침 9시에 라스베이거스를 출발, 자이언 캐년(Zion Canyon)으로 향했습니다.

자이언 캐년에 들어서니, 우리나라에서 흔히 볼 수 있는 것과 같은, 키가 크지 않고 또 꼬불꼬불한 소나무가 꽤 많이 있어 반가운 마음이 듭니다. 옛날에는 운전하며 지나가는 바람에 미처 보지 못했던 광경입니다.

꼬불꼬불하고 크게 자라지도 못한 소나무를 보면 "고향을 지키는 소나무는 곧고 크게 자란 소나무가 아니라 꼬불꼬불하고 볼품없는 소나무다." 라고 하는 우리나라 속담이 생각납니다. 크게 성공한 자식보다는 성공과는 관계가 없어 보이는 자식이 고향을 지키며 부모님을 모시고 산다는 뜻이겠지요.

마찬가지로 이곳의 꼬부랑 소나무도 시온을 지키고 있나봅니다. 자이언은 성경에 나오는 이스라엘 백성들의 성지요 정신적 고향인 시온의 영어식 발음입니다.

그랜드 캐년이 웅장함을 자랑한다면 자이언 캐년은 아기자기한 맛이 납니다. 그랜드 캐년에서는 사람들이 전망대에서 전경을 조망하는 데 반해 이곳은 자동차를 이용하여 캐년 중심부를 통과하며 가까이서 경관을 들여다볼 수가 있습니다.

나바호족 인디언의 수공예품을 파는 휴게소에서 점심 식사를 하고 모자를 하나 사서 썼습니다. 아직 햇볕이 뜨겁기 때문입니다.

오전 9시에 라스베이거스를 출발하여 자이언 캐년을 구경하고 오후 4시에 홀스슈 벤드(Horseshoe Bend)에 도착했습니다. 콜로라도 강이 흐르는 깊은 계곡에, 말발굽 모양과 닮은 바위층(?)이 있어 이를 홀스슈 벤드란 이름을 붙였습니다.
미국에 살며, 그랜드 캐년을 3번이나 방문, 구경할 때도 이곳은 와보지 못한 곳입니다.

차에서 내려 작은 관목만이 자라고 있는 사막을 15분 정도 걸어 홀스슈 벤드 현장에 도착할 수 있었습니다. 육안으로 측정해도 약 300~400m나 되는 높이에서 내려다보는 전망대에는 경고문도 없고, 안전 가이드 레일(Guide Rail)도 없고, 안내원도 없어 위험하기 짝이 없습니다.

관광지로 개발이 된 지 얼마 되지 않아서인지, 아니면 "당신의 생명은 당신이 알아서 지켜라."인지 모르겠습니다. 좀 더 좋은 사진을 위해 절벽 가까이로 가자 아내와 애들이 위험하다고 소리를 지릅니다. 그 소리를 들으니 아직도 내가 쓸모 있는 사람인 것 같아 은근히 기분이 좋습니다.

햇볕이 따가워 몇 시간 전에 구입한 모자가 오가는 길에 도움이 됐습니다. 이 홀스슈 벤드는 유명한 서부영화 〈역마차〉의 한 장면으로도 나옵니다.

아리조나 주 피닉스에서 왔다는 한국인 자매를 만났습니다. 한국에서 관광 여행을 왔다고 하니 어떻게 이렇게 멀리, 오기 어려운 곳까지 왔느냐며 놀라워했습니다. 자동차 자유여행이 아니면 불가능한 일입니다.

오후 4시 30분에 페이지(Page)라는 조그마한 마을에 있는 로드 웨이 인 (Road Way Inn) 숙소에 도착했습니다. 이곳 페이지는, 유타 주와의 경계에 가까운, 아리조나 주에 있는 작은 마을이지만 관광객들이 많이 찾는 곳이기 때문에 작은 공항도 있고, 모텔도 있고, 맥도날드, 스타벅스, 월마트 등이 있어 불편함이 없습니다.

11월 2일(목)

　오전 9시 30분에 엔티롭 캐년(Antilope Canyon)으로 가기 위해 무개차인, 옛날 군용트럭처럼, 양쪽 옆으로 된 딱딱한 나무의자만 있는 낡은 차를 타고 20분 정도를 가자 캐년 입구가 나타났습니다.

　우리나라에서는 도저히 찾아볼 수 없는, 경운기 뒤에 붙은 짐차 같은 덮개도 없는 12인용 차를 타고 먼지를 뒤집어쓰고 갔습니다. 입구까지는 약 4㎞ 정도의 모래뿐인 사막을 지나야 합니다.

　이곳은 인디언 보호구역으로 모든 것이 인디언 원주민에 의해 자치적으로 운영되기 때문에 운전기사도, 안내원도, 모두 나바호족 인디언의 후손들입니다.

　따라서 원주민의 가이드 없이는 관광을 할 수 없습니다. 관광차도 모래바람을 뒤집어쓰고 가야 하는 원시적 형태를 취하고 있습니다.

　이곳은 물이 흐르던 강이었으나 세월이 흐르면서 모래와 바람이 사암(沙巖)층을 이루면서 만들어진 계곡으로서 태양의 위치에 따라 시시각각으로 변하는, 아름다움은 말로 다 형용할 수 없는, 그야말로 빛의 향연(饗宴)이 이루어지는 환상의 계곡입니다. 이곳의 아름다운 모습은 유튜브에서도 자주 볼 수 있을 정도입니다.

　실제 사진 한 장 보고 유럽에서 관광을 왔다는 사람도 많이 있다고 합니다.

앤티롭(Antilope)은 사슴이란 말로 그 옛날에는 이곳에 사슴이 많이 살았다고 합니다. 지금은 모래언덕뿐인 이곳이 강이었고, 사슴이 많이 살던 곳이라니 믿기지가 않습니다.

한 시간 정도 소요되는 앤티롭 캐년 관광을 끝내고 11시 30분에 소닉 버거로 점심을 때우고 약 2시간 정도 후에 그랜드 캐년 사우스림 방문자 센터에 도착해서 마더 포인트 근방에서 구경을 했습니다.

이 협곡은 1776년 스페인 성직자인 프란시스코 가르세에 의해 처음 발견되고, 1870년에 미국 사람 존 웨스리 파웰이라는 사람이 재차 탐험하였고 1919년에 미국 국립공원으로 지정되었습니다.

이곳은 수억 년 전 빙하가 흐르며 깎아놓은 곳을 콜로라도 강물이 흐르며, 계속 침하작용을 일으켜서 만든 폭이 29㎞, 길이가 서울-부산 거리인 446㎞이고, 최대 깊이가 1,857㎜나 되는 거대한 협곡입니다.

1960년대 천관우 씨는 《그랜드 캐년》이라는 기행문에서 이곳을 보고 "이처럼 조화의 무궁을 소름 끼치도록 느끼리라고는 생각도 못했다."라고 했습니다.

이곳은 필설로 그 웅장함이나 화려함이나, 태양의 위치에 따라 시시각 각으로 변화하는 아름다움을 도저히 표현할 길이 없습니다. 보고 느낄 수밖에 없습니다.

혜진이를 제외하고, 우리는 이번이 네 번째 방문인데 관광시설은 조금 도 변한 것이 없었습니다. 늙어 보이는 사슴 두 마리가 관광객에는 관심 도 보이지 않고 평화롭게 풀을 뜯고 있습니다. 그랜드 캐년에 관한 책을 구하려고 서점을 한참 찾아 헤매기도 하며 2시간 반 정도 머문 후 오후 4시에 다음 숙박지, 레이크 하바수 시티로 출발을 했습니다.

이곳 그랜드 캐년으로부터 오늘의 숙박지인 레이크 하바수 시티(Lake Havasu City)까지 가는 길은, 나무 한 그루 보이지 않고 20~30㎝ 정도의 관목만이 자라는 끝이 보이지 않는, 사막 같은 아리조나 주의 광야 지대 입니다.

좌측으로 모뉴멘트 밸리에 있는 미튼 뷰트(Mitten Butte)와 메릭 뷰트 (Merric Butte) 등 서부영화에 빠지지 않고 등장하는 빨간 황토색의 바위인 레드 락(Red Rock)들이 나타납니다. 서부영화로 우리에게 잘 알려져 있는 익숙한 풍경들입니다.

서부영화가 한창 유행하던, 1950년도 중반 명국환이 부른 〈아리조나 카우보이〉란 노래가 생각이 납니다.

광야를 달려가는 아리조나 카우보이
말채축(말채찍)을 말아쥐고 역마차는 달려간다
저 멀리 인디안의 북소리 들려오면
고개 너머 주막집에 아가씨가 그리워
달려라 역마야 아리조나 카우보이

추억에 젖게 하는 노래에 딱 어울리는 곳입니다. 말채찍으로 달려가는
역마차 대신에 우리는 SUV로 광야를 달리고 있습니다. 저 멀리서 북소리
와 함께 인디언들이 나타날 것만 같습니다.

얼마 전에도 영화 〈역마차〉의 재방송이 있었습니다. 80이 넘은 나이인
데도, 인디언 공격으로 절대절명의 순간에 나팔소리와 함께 기병대가 나
타나는 장면에는 아직도 홍분을 감추지 못합니다. 철들기는 틀린 것 같습
니다.

아들은 운전조심에 여념이 없고, 며느리 혜진이는 동영상을 찍느라 바
쁘고, 영화에는 전혀 관심이 없는 아내는 별 무 느낌의 표정이고, 나는
존 웨인의 〈역마차〉 장면을 떠올리며 감회에 젖습니다.

이 레드 락들은 보는 방향에 따라 모습이 달라집니다. 그래서 빅터 마
추어 주연의 영화 〈황야의 결투〉와 그 밖의 〈역마차〉, 〈아파치 요새〉,

〈리오그란데〉 등 옛날 서부영화에는 빠지지 않고 배경화면으로 등장을 합니다.

영화에 자주 나오는 황톳빛의 세도나라고 하는 이 근방 지역을 인디언 원주민들은 어머니 대지의 정기가 우러나오는 마더 랜드(Mother Land)라고 한답니다.

이곳 인디언 보호구역의 국도 옆에는 인디언들이 공예품을 파는, 우리나라 남대문 시장에서 볼 수 있는 것과 비슷한 좌판대를 볼 수도 있습니다.

한참을 달리니 저녁노을이 지고 우리는 오후 8시에 고개 넘어 주막집인 레이크 하바수 시티(Lake Havasu City)에 있는 윈저 인(Windsor Inn) 숙소에 도착합니다.

고개 넘어 주막집에 도착했는데 명국환 씨가 노래한 아가씨는 없습니다.

레이크 하바수 시티, 루트 66 박물관

11월 3일(금)

어제 그랜드 캐넌을 지나 아리조나 카우보이가 달리던 광야를 달려 저녁 8시에 모텔에 도착했습니다. 두루 살펴보니 그동안 숙박했던 다른 모텔들과는 다르게 투숙객을 위한 작은 식당 간판이 보였습니다.

혜진이가 모처럼 느긋하게 아침잠을 잘 수 있도록, 아침에 누룽밥을 끓이지 말라고 했습니다.

샌프란시스코에 도착한 10월 27일부터 어제까지 꼬박 7일 동안, 아침 일찍 일어나 우리를 위해 누룽밥을 끓이느라 느긋한 여행 기분도 제대로 느껴보지 못했을 혜진이를 생각하니 미안하기 그지없습니다.

시댁이 싫어서 '시' 자가 들어간 시금치조차 먹지 않는다는 우스갯소리가 나오기도 하는 시대에 시부모를 모시고 여행을 하는 것만 해도 고마운 일인데 거기에 매일 일찍 일어나 아침까지 챙겨주니 얼마나 고마운 일인지 모르겠습니다.

식당이라는 곳에 들어가 보니 토스트 굽는 기계 한 대와 책상 2개, 의자 4개가 고작이었고, 한 80세 후반 정도 되어 보이는 할아버지 한 분이 토스트를 먹고 있었습니다.

기계에 식빵을 넣고 아무리 기다려도 빵이 튀어 오르지 않고 타는 냄새가 납니다.

'고장 난 기기'라는 할아버지의 말에 손으로 조작해서 꺼내 보니 식빵이 새까맣게 숯덩이가 되어, 할 수 없이 버리고 다시 수동으로 구운 토스트를 가지고 할아버지 앞에 앉았습니다.

할아버지께서 어디서 왔느냐고 물어 한국에서 왔다고 하니, 한국전쟁 참전용사라고 자기를 소개하면서 반가워하십니다. 미국에서는 아주 드물지만 가끔 한국전쟁 참전용사를 만날 수 있습니다.

이 할아버지는 한국말도 조금 알고 있었고, 양주군의 펀치볼 전투에 참여를 했다고 했습니다. 홀로 식사하시는 모습이 좀 쓸쓸해보입니다. 한국에 대해 좀 더 이야기하고 싶어하시는 할아버지를 홀로 두고, 스케줄 때문에 일어서야 하는 마음이 조금은 매정한 것 같아 마음이 편치 않았습니다.

이곳 레이크 하바수 시티(Lake Havasu City)는 콜로라도 강 중하류에 있는 하바수 호수에 위치하고 있으며 그랜드 캐년으로부터 370㎞, LA로부터 직선거리로 480㎞ 떨어져있는, 인구 5만 명 정도의 휴양도시입니다.

낚시, 워터스키, 보팅(Boating), 쿠퍼 캐년(Copper Canyon) 등 풍부한 휴양시설을 즐기려는 관광객이 연중 끊이지 않는 곳이지만 접근성 때문에, 우리에게는 잘 알려지지 않은 명소입니다.

이곳을 대표할 수 있는 명물은 작은 모형의 시티 오브 런던(City of London)에 있는 런던 부릿지(London Bridge)입니다. 오전에 호수 옆에 있는, 시티 오브 런던(City of London)을 구경했습니다.

방문자센터에는 큰 세계지도가 벽에 걸려있어 방문자가 자기 나라의 지도위에 바늘을 꽂도록 되어 있는데 대한민국에 바늘을 꽂으면서 보니 9개가 꽂혀 있었습니다.
반면 영국 지도 위에는 셀 수 없을 만큼 많은 바늘이 꽂혀있습니다. 영국 사람들이 많이 다녀갔다는 뜻입니다.

호수를 가로지르는 런던 브릿지(London Bridge)의 모습은 옛 런던을 상상하기에 충분할 만큼 아름다웠습니다.
이 런던 다리는, 영국에서 이민 와서 이곳에 살고 있던 사람들이 영국 테임즈 강 위에 있던 다리가 해체될 때 영국에 돈을 지불하고, 다리를 여러 부분으로 분리하여 운반해 와서 이곳에 설치한 것이라고 합니다.

이곳에 이민 온 영국 사람들은 아마도 이 다리를 보며 고향에 대한 향수를 달래는지도 모릅니다. 지금도 영국 출신 이민자들이 가장 많이 방문한다고 합니다.

11시 30분에 이곳을 출발하여 오후 2시경에 킹스 박물관(Kings Museum)에 도착했습니다.

캘리포니아 주와의 경계에 위치한 이 박물관에는 아리조나를 달리던 퇴역한 기차, 그리고 기차에 관한 역사와 미국 최초의 서부 횡단도로인 66번 도로의 역사에 관한 기록들을 보관한 루트 66(Root 66) 박물관이 있습니다. 66번 도로는 로스엔젤레스와 일리노이 주 시카고를 연결하는 미국 최초의 동서 고속도로입니다.

그 시대의 자동차와 주유기와 주유소에서 사용하던 타자기 등 당시의 자료와 건설을 방해하기도 하고 협조하기도 했던 인디언들의 자료들이 있습니다. 당시 고속도로(66번)의 속도제한이 25마일(40km)인 것이 매우 이채로웠습니다.

잠깐 박물관을 둘러보고 LA로 향했습니다. 40여 년 전보다 주경계 검문(아리조나 주와 캘리포니아의 경계)이 강화된 듯 트렁크 검사까지 합니다. 검문소를 통과해서 오후 4시 40분에 LA 코리아타운 근처의 아파트에 도착을 했습니다.

우리가 앞으로 숙박할 이 아파트는 러시아계 이민자가 운영하는 아파트입니다.

우리가 예정 시간보다 2시간 정도 일찍 도착하는 바람에 주인과 연락이 원활하지 않아 주인을 만날 때까지 아파트 옆에 차를 세워두고 근처를 배회하자 우리들의 행위가 수상하다는 신고가 들어갔는지 경찰이 출동하는 소동이 벌어지기도 했습니다.

앞으로 11월 8일까지 5일간을 이곳에서 숙박하기로 되어 있습니다. 보안이 철저해서 방 키나 번호를 모르고 외출했다가는 다시 방으로 돌아올 수 없으므로 조심해야 했습니다. 왜냐하면 이 아파트는 무인으로 운영되기 때문입니다.

로스앤젤러스

11월 3일(금)

그레고리 펙과 진 시몬스가 출연한 영화 〈빅 컨추리〉처럼 미국은 정말 큰 나라입니다. 아리조나 주를 통과하여 LA까지는 얕은 산 하나 볼수 없는 그야말로 사람이 살지 않는 광활한 광야지대의 연속이었습니다. 40여 년 전에도 와이오밍 주, 록키 산맥 동부 끝자락에서 사우스 다코다 주까지 온종일 자동차 여행을 하면서도 똑같은 경험을 했습니다. 3~4시간을 가야 작은 마을이 나타나곤 했습니다.

항상 느끼는 점이지만 이 거대한, 아직도 미개발지역이 80%가 넘는다는, 나라에서 왜 그리 이민자를 야박하게 제한하는지 모르겠습니다.

어제 11월 3일 오전 8시 30분에 아리조나 주 레이크 하바수 시티를 출발하여 오후 4시경에 LA 코리아타운에 가까운 이곳 숙소에 도착했습니다. 코리아타운 중심부까지는 도보로 1시간 정도 거리입니다. 저녁은 한식당에서 본죽으로 때웠습니다.

1980년 미국 연수기간 동안 LA 근처에서 살면서 한국에서 오는 손님들을 안내하느라 이곳의 유명한 곳 중 다녀보지 않은 곳은 거의 없을 정도입니다. 유명한 관광지는 보통 3~4번씩은 방문했었습니다.

1980년 당시만 해도 미국 관광이 그리 쉽지는 않은 때여서 고국에서 관광안내를 부탁하고 찾아오는 인사가 제법 있었습니다. 심지어 정부 고위급 인사가 자신의 일본 친구의 관광안내를 부탁한 적이 있었습니다.

나는 파격적인 대우를 받으며 연수를 받게 하여준 회사와 국가에 감사하는 마음으로 휴무기간에는 기쁜 마음으로 방문객들에게 편의를 제공했습니다.

11월 4일(토)

별로 다시 돌아보고 싶은 마음도 없고, 몸도 피곤하고 해서 나는 집에서 쉬기로 했고 아내와 애들은 아침부터 할리우드와 시내 관광을 나섰습니다.

혼자 남아 휴식을 취하니 고향에 돌아온 것같이 편하기 그지없습니다. 내가 걱정이 되는지 아들은 수시로 전화를 걸어옵니다.

책을 읽으며 시간을 보내다가 TV를 틀었습니다. 많이 느린 TV 반응을 보면서 우리나라가 IT 강국임을 다시 한번 느꼈습니다.

뉴스에 트럼프 대통령의 방한 소식이 잠깐 지나가기에 좀 더 자세히 보려고 여기저기 채널을 돌려도 방영하는 채널이 없습니다. 언제부터인가 미국과의 동맹관계에 이상기류가 감지되고 있다는 각종 매체들의 보도를 본 적이 있습니다. 그래서 그런가 미국 트럼프 대통령에 대한 뉴스를 다루는 방식이 미국과 우리나라 사이에 차이가 있는 것이 아닌가 하는 생각이 듭니다. 미국에서는 그리 큰 뉴스로 다루는 것 같지 않습니다. 이와 관련된, 여러 가지 복합상황에 대해 은근히 걱정이 됩니다.

영화를 볼까 하고 10여 개 영화 프로를 검색해보아도, 자동소총으로 한 번 드르륵 휘갈기면 한꺼번에 수십 명의 목숨들이 추풍낙엽처럼 우수수 떨어지거나, 목이 잘리며 피가 튀기거나 하는 잔혹한 장면만 나오는 것이, 옛날의 미국이 아닌 듯합니다.

1980년대 내가 미국에 살 때에는 재방송이었는지 모르지만, 〈초원의 집(Little House on The Praier)〉, 〈왈가닥 루시(I love Lucy)〉, 〈뿌리(Root)〉 등 가정 드라마(Soap Opera)가 주류를 이루고 있었는데, 아무리 청교도 정신의 바탕 위에 세워진 나라라도 시류(?)를 거스르지 못하는가 봅니다.

가족들이 시내관광을 하는 동안에 나는 근처를 돌아다니다 중국집이 보여서 짬뽕을 포장해서 집으로 가져와 조금 먹고 오후에는 책이나 한권 사볼까 해서 코리아타운을 2시간 정도 헤맸지만 원서를 취급하는 서점이 없었습니다.

한국 사람들은 혹시 독서를 잘하지 않는 것은 아닌가 하는 생각이 들었습니다. 오후 내내 떠날 때 가지고 온 책을 읽으며 혼자 조용한 시간을 보냈습니다.

11월 5일(일)

주일인데 예배를 드리지 못할 것 같아, 면책용(?)으로 바로 앞에 보이는 갈보리 한인교회에서 새벽기도를 드렸습니다.

364장 "내 기도 하는 그 시간 그때가 가장 즐겁다" 찬송이 그렇게도 은혜가 됩니다. 찬송은 때에 따라 장소에 따라, 각각 다른 은혜로 다가오는 것 같습니다. 그동안 너무 여행에만 몰두하다 정작 중요한 무엇을 잃고 있었던 것 같습니다.

아침 식사 후, 3년 동안 우리가 거주했던 곳, 아내가 40여 년 만에 가보고 싶어했던, 다우니 시(Downy City)를 방문했습니다.

우리가 살던 뉴빌 아파트도, 앞에 있던 산가브리엘 파크도, 애들이 다니던 산가브리엘 학교(San Gabriel Elementary School)도 예전 그대로였습니다.
옛날에는 백인들만 살았던 곳인데 의외로 멕시칸이 많이 보이고 근처에 대형 타겟 마트(Target Mart)가 생기는 등 많은 변화가 있었습니다. 마트에서 피자로 간단히 점심을 해결했습니다.

우리가 다니던 놀웍 한인 감리교회를 방문한 다음, 옛날의 발자취를 따라 롱비치를 방문해서 퀸 메리호(Queen Marry)도 보았습니다. 이번에는 내부관람을 생략했습니다.

시속 59.3㎞의 대단한 속도로 대서양횡단 신기록을 세웠던 이 배는 내가 태어나기도 전인 1934년에 영국에서 건조되어 2차대전 때는 한 번에 1만5천 명의 병력을 싣고, 미국과 영국을 왕래하며 총 75만 명의 병력을 수송하였다고 합니다. 길이가 310m의 거대한 여객선입니다.

코리아타운으로 돌아와 유명한 북창 순두부로 저녁을 해결 했습니다. 이 집이 얼마나 유명한지 약 30여 명이 줄을 서서 기다리고 있습니다.
안내판에는 북창 순두부의 원조가 한국이 아니고 이 집에서 유래되었다고 써있었으며, 한국에서는 마포에 분점 하나만을 운영하고 있다고 합니다. 여러 가지 사정상 음식 맛을 잊은 지 오래고, 시간이 됐으나 살기 위해 위장이나 채운다는 심정으로 음식을 먹는 나인데도 정말로 순두부 맛은 한국에서는 먹어보지 못한 일품이었습니다.

저녁 식사 후 내가 집에서 쉬는 동안 가족들은 시내관광도 하고, 그리

피스 천문대와 시내 야경을 즐긴다고 또 나갔습니다. 나는 집에서 책이나 읽으면서 혼자 보내는 시간이 너무나 편합니다.

11월 6일(월)

가족들이 유니버설 스튜디오와 쥬라기 공원을 간다고 나갔습니다. 나는 또 혼자 아파트에 남아서 휴식을 취하다가 인근의 일본 음식점에서 점심 식사를 하고 계속 산책을 하던 중 길거리 포장마차에서 토스트와 계란빵을 파는 멕시코 아줌마를 보았습니다. 계란빵을 팔아주려고 사서 먹어봤는데 영 맛이 그 맛이 아닙니다.

웨스트 피코 부를버드라는 큰 도로였는데 미국에서 이런 모습을 보기는 처음이어서 신기하게 보였습니다. 아마도 우리나라 포장마차 문화를 수입한 것은 아닌지 모르겠습니다.

예전과는 다르게 코리아타운 근처에도 의외로 많은 멕시칸들이 살고 있는 것 같았습니다.

하기야 캘리포니아는 원래 멕시코 땅이었으니 당연한지도 모르겠습니다.

11월 7일(화)

오늘은 음력 9월 20일 아내 생일입니다. 오늘을 축하하기 위해 한국에서 이곳 미국 LA까지 그렇게 머나먼 길을 달려왔습니다.

새벽 일찍, 카톡으로 아내에게 생일축하 메세지와 함께 나훈아의 〈애정이 꽃피던 시절〉 노래를 보냈습니다.

카톡을 알리는 소리에 잠깐 잠이 깨서 폰을 보던 아내는 별걸 다 보내네 하며 내용을 자세히 보지도 않고 제목만 보더니 피곤한 듯 도로 잠을 자려 합니다.

예의 그 노 무드(No mood), 무감정, 무감동의 데면데면한 모습입니다. 사랑한다는 말을 들으면 닭살이 돋는다는 사람입니다. 속마음도 그럴는지 궁금합니다.

아침 일찍부터 부산을 떨며 혜진이가 미역국을 포함하여 여러 가지 반찬으로 아침 생일상을 마련했습니다. 노 무드의 아내지만 감동을 받은 것 같습니다. 코앞에 진상이라고 먹는 게 최고인지도 모르겠습니다.

노구를 이끌고 먼 곳까지 동행해준 남편은 남의 편으로 생각하는 것 같아 서운한 마음이 슬쩍 스쳐갑니다.

산타모니카 비치에서 한 사람이 한 접시씩 주문해서 랍스터, 오징어튀김, 기타 단어가 생소한 해산물로 점심을 했는데 이번에도 내가 선택한 음식 맛은 형편없어서 아내한테 또 핀잔을 듣습니다. 왜 이런 일이 반복되는지 모르겠습니다. 모험심이 강해 못 먹어보던 음식을 시키는 바람에 그런 지도 모르겠습니다만, 모험심의 결과가 사람의 품격까지 떨어뜨립니다.

이곳은 미국에서 제일 처음 생긴 서부 횡단 고속도로(시카고에서 LA 간), 루트 66번 도로의 종점이자 시발점입니다.

오후에는 비버리 힐스로 가서 아내에게 어울리는, 흔치 않은 색깔의 립스틱을 사드린다고 이리저리 다니는 혜진이를 따라 피곤한 다리를 계속 끌고 쫓아다녀야만 했습니다. 힘들지만 힘들다는 표시를 내지 못합니다. 아내의 생일날이니 별수 없습니다.

나에게는 제일 반가울 수밖에 없는 LA 최대의 중고서점인 더 라스트 북스토어에 들러 깅그리치의 《트럼프 대통령 이해하기(Understanding TRUMP-Gingrich)》 외에 몇 권의 책을 구입했습니다.

교보문고보다 더 큰 서점이라 입구에서 권총을 차고 있는 거구의 흑인 경비원에게 트럼프에 관한 책을 사고 싶다고 위치를 알려달라고 하니 "트럼프 넘버 텐!" 하며 엄지척 반대 모습을 보입니다. 백인들의 지지를 받아 당선된 트럼프 대통령은 대부분의 흑인들의 지지는 받지 못하는 것 같습니다.

오늘이 여행의 마지막 날입니다. 챙길 것도 별로 없는 간편한 가방이지만 귀국 채비를 했습니다.

귀국

11월 8일(수)

미국 시간으로는 11월 8일 수요일입니다. 오전 7시에 아파트 체크 아웃을 한 다음 8시 15분 공항 근처의 렌트카 회사인 Hertz에 차를 반납했습니다. 회사 직원이 반납한 차의 상태를 꼼꼼하게 점검합니다. 헤르츠 랜터카 회사에서 제공하는 셔틀버스로 LA 톰 브레드리 공항(Tom Bradely)에 도착했습니다.

40여 년 전 내가 미국을 떠날 때의 명칭은 로스엔젤레스 국제공항이었는데, 톰 브레드리 공항으로 바뀌었습니다.

황소만 한 경찰견 두 마리가 검색대 통과를 위해 줄을 서있는 사람들 사이로 냄새를 맡느라 킁킁거리며 지나다니는 공포의 시간을 보낸 후 검색대를 통과해서 오전 10시 40분 대한항공에 탑승을 했습니다.

9·11 테러 이후 달라진 공항 모습인 것 같습니다. 물을 포함한 모든 액체음료는 일체 반입금지랍니다. 아마도 폭탄 제조에 액체류가 사용되나 봅니다.

개인 의자에 설치된 컴퓨터 화면에 나타나는 비행상황을 살펴보니, 비행기는 에베레스트 산보다 높은 고도 8,077m, 속도 830km/h, 서북쪽 방향으로 날고 있으며 목적지(인천국제공항)까지 남은 거리는 9,160km로 나타납니다. 가만히 앉아서 비행 상황을 이렇게 자세히 볼 수 있다니 참 편리한 세상이긴 합니다.

나는 좀처럼 비행기 안에서 잠을 자지 않는 방법으로 시차에 적응을 합니다.

모두들 잠들은 시간에 컴퓨터에서 좋아하는 영화 〈초원의 빛(Splendor In The Grass)〉을 클릭하여 보았습니다. 〈초원의 빛〉은 죽기 전에 꼭 봐야 하는 영화로 추천될 정도로 유명한 영화입니다.

나탈리 우드와 워렌 비티가 주연하고 엘리아 카잔이 감독한 1961년 작인 이 영화는 1920년대의 미국 사회상의 단면을 볼 수 있는 영화로 미국도 한때 결혼 조건으로 상대방의 재력과 권력을 제일 중요하게 생각을 했고 사람들은 출세를 위해서 도시로 나가던 시절이 있었음을 볼 수 있습니다.

비행기 납치에 관한 영화와 그 밖의 영화 한 편을 감상하고 책을 읽는 가운데 어느새 인천국제공항에 도착하였습니다.

11월 9일(목)

약 13시간 정도 비행 끝에 10월 9일 목요일 오후 5시 30분, 인천국제공항에 도착, 장장 15일간 4,000여 ㎞의 자동차 여행을 무사히 마치고 귀국을 하였습니다.

많은 시간을 할애하여 빈틈없는 여행 스케줄을 계획하고, 모든 일정을 차질 없이 수행해 가며, 여행 중에도 계속 신경을 써가며, 4,000여 ㎞를 혼자 운전하는 중노동을 불평 없이 수행하느라 고생한 아들과 아침 일찍 일어나 우리에게 누룽밥을 끓여주느라 수고하고, 특히 상당히 부담이 됐을 텐데도 시부모와 같이 여행을 하고, 여행 중에도 우리가 불편하지 않도록 계속 신경을 써준 둘째 며느리 혜진이에게도 한없는 고마움을 느낍니다.

또 이번 여행에 경비를 제공한 큰아들 내외에게도 한없는 고마움을 느낍니다.

그리고 두 번의 주접을 떨기는 했지만 불편한 중에도 잘 따라다닌 내 육신에게도 감사를 합니다.

옛날의 흔적들을 보고 싶어하는 아내를 보니 아내도 어느새 추억을 소중히 생각하는 나이가 된 것 같습니다. 아내의 칠순 생일축하 한번 거하게 하면서 가족의 소중함을 다시 한번 느끼는 여행이었습니다.

한 칸 방이지만 내 집이 아늑하고 좋습니다. 여행을 떠나는 이유 중 하나는 내 집, 내 정든 고향에 돌아올 때의 감격을 위해서인지도 모르겠습니다.